KB206124

Die Verwandlung

The Classic Books

변신

프란츠 카프카

북로드

—
**차
례**
—

변신

어느 날 아침 어지러운 꿈속을 헤매다 눈을 뜬 그레고르 잠자는 자신의 몸이 흉측한 해충으로 변해 있는 것을 발견했다. 그는 딱딱한 등껍질을 침대에 대고 벌러덩 드러누워 있었다. 머리를 조금 쳐들자 활 모양으로 불룩하게 휘고 마디진 갈색 배가 보였다. 배 위에는 금방이라도 미끄러져 내릴 듯 이불 한 귀퉁이가 간신히 걸쳐 있었다. 그리고 몸뚱이 다른 부분에 비해 형편없이 가느다란 수많은 다리들이 눈앞에서 한들거렸다.

'대체 어떻게 된 일이지?'

그레고르는 생각했다. 분명 꿈은 아니었다. 조금 작기는 해도 사람 사는 방임에 틀림없는 그의 방은 낯익은 벽으로 아늑하게 둘러싸여 있었다. 옷감 견본이 어지럽게 널려 있는 책상 위쪽으로—그는 외판원이다—그가 얼마 전 어떤 화보에서 오려내 예쁜 금박 테두리 액자에 끼워 넣은 그림이 걸려 있었다. 그림 속에는 털모자에 털목도리를 두른 부인이 꼿꼿이 앉아 팔꿈치까지 감싼 두툼한 털토시를 정면으로 쳐들고 있었다.

이어서 그레고르는 창문을 바라보았다. 창문에 댄 함석판에 빗줄기 떨어지는 소리가 들렸는데, 음산한 날씨 때문에 그의 기분이 더욱 우울했다.

'한숨 더 자고 나면 이런 어처구니없는 일들은 잊어버릴 수 있겠지.'

그레고르는 생각했다. 하지만 결코 그렇게 할 수 없었다. 왜냐하면 그는 언제나 오른쪽으로 돌아누워 자는 버릇이 있었는데, 지금 이 몸으로는 아무래도 그렇게 누울 수가 없었기 때문이다. 있는 힘을 다해 오른쪽으로 몸을 돌려보았지만 번번이 벌러덩 자빠져 허둥거렸다. 그레고르는 이 짓을 백 번도 더 했고, 허우적거리는 다리를 보고 싶지 않아 눈을 질끈 감았다. 그는 여태까지 느껴보지 못한 가벼운 허리 통증을 느끼고는 그 일을 그만두었다.

그레고르는 생각했다.

'제기랄, 나는 왜 하필 이렇게 힘든 직업을 골랐을까! 매일같이 출장을 다녀야 하다니. 본점에서 일하는 것보다 스트레스가 훨씬 더 심한 데다, 여행을 하다 보면 이래저래 심신이 고달프지 않냐 말이야. 기차를 제대로 갈아타야 한다는 불안감, 불규칙적이고 형편없는 식사, 그리고 상대가 매번 바뀌는 통에 지속적으로 인간관계를 맺을 수도 없고 쉽게 정이 들지도 않는다……. 이런 것들을 죄다 잡아가는 귀신은 없을까!'

배 위 어딘가가 조금 가려운 것을 느낀 그레고르는 머리를 좀 더 쳐들어 보려고 누운 채로 등을 천천히 밀고 침대 기둥으로 다가갔다. 가려운 곳을 보니 그 부위가 뭔지 모를 조그만 흰 점으로 뒤덮여 있었다. 그레고르는 다리 하나를 뻗어 그곳을 만져보려다 얼른 움츠리고 말았다. 닿자마자 온몸에 소름이 오싹 끼쳤던 것이다.

그레고르는 다시 원래 자리로 미끄러져 내려왔다. 그리고 생각했다.

'하여간 너무 일찍 일어나면 멍청해지는 법이라니까. 사람은 자고로 잠을 충분히 자야 해. 다른 외판원들은 마치 하렘의 여인들처럼 생활하고 있지 않은가. 주문받은 것들을 장부에 정리하려고 오전 중에 여관으로 돌아가면 그들은 그때서야 아침을 먹고 있으니 말이야. 우리 사장이 보는 데서 내가 그렇게 해보라지. 그럼 아마 대번에 잘리고 말걸. 차라리 쫓겨나는 게 더 나을지 누가 알겠어. 부모님 때문에 꾹 참고 있는데, 그것만 아니면 벌써 그만두고, 사장 앞에 가서 내 속마음을 거리낌 없이 털어놓았을 거야. 그러면 사장은 영락없이 책상에서 굴러떨어졌을 거야. 책상에 걸터앉아 직원들을 위에서 내려다보며 말하는 별난 버릇이 있잖아. 게다가 귀까지 먹어서 직원들은 그런 사장한테 바싹 다가서서 말해야 한다니까. 그러나 아직 희망이 전혀 없는 것은 아니야. 우리 부모님이 언젠가 그에게 진 빚을 다 갚고 나면 꼭 그렇게 하고 말 거야. 앞으로 5, 6년쯤 더 걸리겠지만. 그렇게 되면 내 인생에 커다란 전기가 마련될 거야. 그건 그렇고 지금은 우선 일어나야 해. 5시 기차를 타야 하니까.'

그레고르는 서랍장 위에서 째깍거리는 탁상시계를 바라보았다. '하느님, 맙소사!' 그는 마음속으로 외쳤다. 벌써 6시 30분이었다. 그러고도 조용히 돌아가는 시곗바늘은 30분을 지나 이미 45분으로 치닫고 있었다.

자명종이 울리지 않았단 말인가? 침대에서 보니 자명종 시곗

바늘이 4시에 맞춰져 있었다. 틀림없이 소리가 울렸을 것이다. 그렇다면 가구를 온통 뒤흔들 정도로 요란한 그 소리에도 정신 없이 잠을 잤단 말인가? 사실 그레고르는 편히 잠들지도 못했는데, 어쩌면 시계가 울리고 나서 더 깊이 잠들었는지도 모른다.

그나저나 이제 무엇을 어떻게 해야 한단 말인가? 다음 기차가 7시에 있으니 그 차를 타려면 미친 듯이 서둘러야 한다. 그런데 아직 견본도 싸놓지 않았고, 몸도 썩 개운하지 않아 제대로 움직이지도 못할 것 같았다. 설령 그 기차를 탄다 해도 사장의 불호령을 피할 수는 없을 것이다. 왜냐하면 급사가 5시에 기차역에서 기다리고 있다가 그레고르가 그 기차를 타지 않았다는 것을 이미 보고했을 테니까. 사장의 끄나풀인 급사는 줏대도 없고 분별력도 없는 위인이었다.

연락해 몸이 아프다고 해볼까? 하지만 그것도 궁색한 변명으로 비칠 뿐 별 효과가 없을 것이다. 그레고르는 5년 동안 일하는 내내 단 한 번도 앓아누워 본 일이 없었으니 말이다. 아마 사장은 틀림없이 의료보험조합의 의사를 데리고 와서 부모님한테 게으른 자식을 두었다고 핀잔을 줄 것이고, 이의라도 달라치면 의사를 가리키며 말을 딱 잘라버릴 것이다.

어떤 말도 조합의 의사한테는 통하지 않는 것이, 그의 눈에는 세상 모든 사람들이 건강한데도 일하기 싫어 꾀병을 부리는 것으로밖에 보이지 않기 때문이었다. 하지만 지금과 같은 경우에는 의사가 그런다고 해서 틀렸다고 말할 수 있을까? 그레고르는 잠을 많이 잤는데도 괜히 노곤하고 졸린 것 말고는, 몸 상태도 꽤 좋은 데다 몹시 배가 고프기까지 했다.

그레고르가 침대에서 나올 결심을 하지 못하고 이런저런 생각을 하고 있을 때 침대 머리맡 쪽으로 난 문을 가만가만 두드리는 소리가 들렸다. 바로 그때 탁상시계는 6시 45분을 가리키고 있었다.

"그레고르, 6시 45분이다. 회사 안 갈 거니?"

어머니의 목소리였다. 부드러운 그 목소리! 그레고르는 대답하는 자신의 목소리를 듣고 깜짝 놀랐다. 자신의 목소리인 것은 틀림없었지만, 저 밑바닥에서부터 울려 나오는 듯, 주체할 수 없이 고통스러운 신음 소리 같은 것이 섞여 있었다. 찍찍거리는 그 소리 때문에 처음에는 또렷하게 들렸지만, 그다음부터는 뒤울림에 묻혀 제대로 알아들었는지 알 수가 없었다.

그레고르는 모든 것을 자세히 설명하고 싶었지만, 상황이 이렇다 보니 "네, 네, 고마워요, 어머니. 일어나던 참이었어요."라고 말하는 것으로 만족해야 했다. 방문이 나무 문이어서 밖에서는 그의 목소리가 변한 것을 알아차리지 못한 것 같았다. 그래서인지 어머니는 그의 대답에 안심하고 신을 끌며 가버렸다.

그러나 이 짤막한 대화 때문에 벌써 출발했으려니 했던 그레고르가 아직도 집에 있다는 것을 다른 가족들까지 알게 되었다. 아버지는 벌써 주먹으로 가볍게 옆문을 두드리고 있었다.

"그레고르, 그레고르! 도대체 어떻게 된 거냐?"

잠시 후 아버지는 좀더 나직한 목소리로 대답을 재촉했다. 다른 쪽 옆문에서는 누이동생이 애원하는 듯한 목소리로 속삭였다.

"오빠, 어디 아파요? 뭐 필요한 거 있어요?"

"다 됐어요."

그레고르는 양쪽 문을 향해 대답했다.

그는 이상하게 변한 자신의 목소리를 들키지 않으려고 한 마디 한 마디 할 때마다 띄엄띄엄 간격을 두며 주의해서 발음했다. 아버지는 아침을 마저 먹으러 돌아갔다. 그러나 누이동생은 속삭이듯 말했다.

"문 좀 열어보세요, 오빠, 네?"

그러나 그레고르는 문을 열어줄 생각이 조금도 없었다. 도리어 잦은 여행 탓에 조심성이 몸에 배어 집에 돌아와서도 밤에는 모든 문을 다 잠가버리는 습관을 다행스럽게 생각했다.

그레고르는 다른 사람이 강요해서가 아니라 스스로 조용히 일어나 옷을 입고, 아침부터 먹고 나서 그다음 일을 생각해보려고 했다. 그도 그럴 것이 침대에 가만히 누워 생각해봤자 마땅한 해결책이 떠오르지 않으리라는 것을 잘 알고 있기 때문이었다.

그레고르는 불편한 자세로 누워 자다가 가벼운 통증을 느낀 적이 몇 번 있는데, 그때마다 막상 이불을 박차고 일어나 보면 그것이 그저 망상에 지나지 않을 뿐 아무렇지 않았던 기억이 났다. 그래서 오늘의 이 망상도 어떻게 사라질지 몹시 궁금했다. 목소리가 변한 것은 외판원들의 고질병인 심한 감기 징후일 뿐이라는 것을 그는 조금도 의심치 않았다.

이불을 떨치는 일은 아주 간단했다. 숨을 들이쉬어 배를 조금만 부풀리니 저절로 미끄러져 떨어졌다. 그러나 그다음 일은 여의치 않았다. 그의 몸이 옆으로 너무 넓적한 탓이었다. 스스로 일어나려면 손과 팔을 써야 하는데, 말을 듣지 않고 계속 제멋대로 움직이는 수없이 많은 가느다란 다리뿐이었다. 다리 하나를 구부리려고 하면 그 다리가 도리어 먼저 펴지는 형국이었다. 마침내 그 다리를 뜻대로 움직이는 데 성공했다 하더라도, 그러는 동안 다른 다리들은 마치 묶여 있다가 풀려나기라도 한 듯 요란하고 고통스럽게 마구 버둥거렸다.

"침대에 매어 있다가는 아무 일도 안 되겠다……."

그레고르는 혼잣말로 중얼거렸다.

그는 우선 몸 아랫부분부터 움직여 침대 밖으로 빠져나올 생각이었다. 그러나 한 번도 보지 못했고 어떻게 생겼는지 상상조차 할 수 없는 하반신을 움직이기가 여간 힘든 게 아니었다. 하반신은 아주 천천히 조금씩밖에 움직이지 못했다. 그러다 마침내 화가 치민 그레고르는 있는 힘을 다해 자신의 몸을 마구 앞으로 밀어대다가 방향을 잘못 잡아 그만 침대 쇠기둥에 세게 부딪치고 말았다. 화끈거릴 만큼 심한 통증을 느끼고 나서야 비로소 하반신이 자신의 몸 중에서 가장 예민한 부위임을 깨달았다.

그래서 이번에는 상반신부터 침대에서 빠져나올 생각으로 머리를 침대 가장자리로 조심조심 돌렸다. 이건 그나마 쉬웠다. 몸뚱이가 넓적하고 무겁기는 했지만 머리가 돌아가는 방향으로 몸뚱이도 따라 움직였다. 그러나 머리가 마침내 침대 밖으로 나와 허공에 뜨자 그레고르는 덜컥 겁이 났다. 계속 이렇게 움직이다가는 몸이 바닥으로 떨어지면서 기적이 일어나지 않는 한 머리가 깨질 것이다. 지금은 어떤 일이 있어도 의식을 잃어서는 안 되는 때이니만큼 차라리 침대에 있는 게 낫겠다는 생각이 들었다.

그러나 똑같은 수고를 한 다음 한숨을 내쉬면서 조금 전과 같이 침대에 등을 대고 누워 자기 다리가 한층 더 흥분한 듯 서로 엉클어져 허우적거리는 꼴을 보았을 때, 그레고르는 이렇게 제멋대로 움직이는 다리를 진정시키고 휴식을 취할 길이 없음을 깨달았다.

"그냥 어물어물 침대에 누워 있을 수도 없는 일이고, 희망이 조금이라도 있다면 모든 것을 희생할 각오를 하고 침대에서 빠져나가는 것이 가장 현명한 일이야."

그레고르는 혼잣말로 중얼거렸다. 그와 동시에 자포자기하기보다는 침착하게 깊이 생각해보는 것이 훨씬 낫다는 사실을 계속 잊지 않고 되새겼다. 그럴 때마다 한껏 날카로운 시선으로 창밖을 바라보았지만, 유감스럽게도 좁다란 거리 건너편조차 보이지 않을 만큼 자욱한 안개뿐, 아무리 창밖을 응시한들 어떤 자신감도 생기지 않았고 상쾌한 기분이 드는 것도 아니었다.

"벌써 7시네. 그런데도 안개가 저렇게 짙게 깔려 있다니, 참!"

그레고르는 시계 종이 다시 울리자 중얼거렸다. 그는 정적이 흐른 뒤에는 원래의 현실로 되돌아갈 것이라고 기대하는 듯 한동안 낮게 숨을 쉬며 가만히 누워 있었다.

그러다 다음 순간 그는 다시 중얼거렸다.

"7시 15분이 되기 전까지는 어떤 일이 있어도 이 침대에서 빠져나가야 해. 그러지 않으면 내가 어떻게 됐는지 알아보려고 상점에서 누군가 집으로 찾아올 거야. 상점 문을 7시 전에 여니까……."

이제 그는 머리부터 발끝까지 온몸을 골고루 흔들어 침대에서 몸통을 떨어뜨릴 작정이었다. 떨어질 때 머리는 번쩍 위로 쳐들기만 하면 다치지 않을 것이다. 등은 딱딱한 것 같으니 카펫 위에 떨어지면 아무 일도 없을 것이다. 뭐니 뭐니 해도 걱정스러운 것은 떨어질 때 틀림없이 쿵 하고 요란한 소리가 날 거라는 점이었다. 온 집안 식구들이 그 소리를 듣고 크게 놀라지는 않더라도 무슨 일인가 하고 걱정할 것이다. 그러나 이 일은 반드시 감행해야 했다.

몸통의 절반이 벌써 침대 밖으로 빠져나갔을 때—이 새로운 동작은 힘들다기보다 노는 듯이 좌우로 몸을 흔들어주기만 하면 되었다—그레고르는 누군가 자신을 도와준다면 이 모든 일을 간단히 해치울 수 있다는 생각이 들었다. 힘센 사람 둘만 있으면 될 것이다.

그 순간 그레고르의 머릿속에 아버지와 하녀가 떠올랐다. 그들은 몸을 굽혀 팔을 그의 둥근 등 밑에 집어넣고 들어 올려 바닥에 내려놓은 다음, 그가 스스로 몸통을 뒤집을 때까지 가만히 지켜보기만 하면 된다. 그러면 이 조그마한 다리들이 감각을 찾아 제구실을 할 것이다. 방문이 잠겨 있다는 것은 차치하고 무작정 도와달라고 소리쳐야 할까? 이런 엄청난 곤경에 처해 있으면서도 이런 생각이 들자 그레고르는 미소를 지었다.

이제 그는 조금만 더 세게 흔들면 균형을 잡기 힘들 만큼 침대 밖으로 나와 있었기 때문에 마지막 결단을 내려야 했다. 5분만 있으면 7시 15분이다. 그때 현관 초인종이 울렸다.

"상점에서 누군가 온 모양이군."

그레고르는 중얼거렸다. 그의 온몸은 굳어버렸고, 그의 다리들은 더욱 요란하게 버둥거렸다. 잠시 집 안에 정적이 흘렀다.

"아무도 문을 안 열어주는구나."

그레고르는 부질없는 희망에 사로잡혀 중얼거렸다. 그러나 곧 여느 때처럼 하녀가 힘차게 걸어가더니 현관문 여는 소리가 들렸다. 그레고르는 방문객의 첫마디 인사말만 듣고도 그가 누구인지 알 수 있었다. 다름 아닌 지배인이었다.

어찌하여 그레고르는 조금만 태만해도 당장 의심을 사는 그런 회사에 근무하는 신세가 되고 말았을까? 도대체 직원들은 모조리 빈둥빈둥 놀기만 하는 게으름뱅이들뿐이란 말인가. 아침 한두 시간을 회사 일에 전념하지 못했다는 이유로 양심의 가책을 느낀 나머지 멍하니 침대에 누워 몸을 일으키지도 못하는 그런 충직하고 헌신적인 직원은 단 한 명도 없단 말인가. 굳이 물어봐야겠다면 사환을 보내면 되지 않는가. 꼭 지배인이 직접 찾아와서 이 수상쩍은 사건의 진상을 캐는 일이 오로지 그의 판단에 달렸다는 사실을 아무 죄 없는 가족들까지 알아야만 한단 말인가.

이런 생각에 이르자 그레고르는 어떤 결단을 내렸다기보다는 흥분한 나머지 있는 힘껏 침대에서 뛰어내렸다. 뭔가에 부딪치는 소리가 꽤 크게 나기는 했지만, 요란한 정도는 아니었다. 카펫 때문에 충격이 덜했고, 등 또한 그가 생각했던 것보다 탄력이 있어서 둔탁한 소리가 나기는 했지만 사람들의 주의를 끌 정도로 크지는 않았다. 다만 제대로 쳐들지 못하는 바람에 머리를 바닥에 부딪치고 말았다. 그는 화가 치밀기도 하고 아프기도 하여 머리를 이리저리 돌리며 카펫에 비벼댔다.

"저 안에서 뭔가 떨어진 것 같군요."

왼쪽 옆방에서 지배인이 말했다. 그레고르는 어느 날엔가 지배인한테도 지금 자신에게 일어난 일과 꼭 같은 일이 일어날 수도 있다는 상상을 해보았다. 그럴 가능성도 있었다. 바로 그때 그의 이런 의문에 거칠게 대답이라도 하듯 옆방에서 지배인이 에나멜가죽 장화를 삐걱거리며 두서너 걸음 힘주어 걸었다.

"지배인이 왔어요, 오빠."

그레고르에게 알려주려고 오른쪽 옆방에서 누이동생이 속삭이듯 말했다.

"알고 있어."

그레고르는 혼자 중얼거렸다. 그러나 누이동생한테 들릴 만큼 큰 소리로 말하지는 못했다.

"그레고르, 지배인님이 오셔서 왜 새벽 기차로 출발하지 않았느냐고 물어보시는구나. 뭐라고 말씀드려야 할지 모르겠다. 그리고 너하고 직접 이야기하고 싶어 하시는구나. 그러니까 문을 좀 열어보거라. 방이 좀 지저분한 것쯤은 너그럽게 이해해주실 거야."

아버지가 왼쪽 옆방에서 말했다.

"밤새 안녕하신가, 잠자 군?"

지배인이 다정하게 불렀다. 그리고 아버지가 문에다 대고 계속 얘기하는 동안 어머니가 지배인에게 말했다.

"그레고르가 몸이 편치 않아서 그래요. 제 말을 믿어주세요. 그렇지 않고서야 어떻게 기차를 놓치겠어요? 저 애는 일밖에 몰라요. 저녁에 외출 한 번 안 해서 오히려 제가 화를 낼 정도죠. 오늘까지 일주일 내내 시내에 와 있으면서도 매일 저녁 집에만 틀어박혀 있답니다. 집에서는 식구들 곁에서 책상머리에 앉아 조용히 신문을 읽거나 기차 시간표를 들여다보지요. 취미라고 해봐야 톱을 가지고 물건 만드는 게 다예요. 이삼일에 걸쳐 저녁 시간을 이용해 조그만 액자를 만든 적도 있죠. 얼마나 예쁘게 만들었는지 보시면 놀라실 거예요. 저 방에 걸려 있답니다.

그레고르가 문을 열면 곧 보실 수 있을 거예요. 어쨌든 이렇게 와주셔서 정말 다행이에요. 우리 식구만 있으면 저 애더러 문을 열라고 할 재간이 없어요. 고집이 보통 센 게 아니거든요. 아침에 물어봤을 때는 괜찮다고 하기는 했지만 틀림없이 몸이 안 좋은 거예요.”

“곧 나가요.”

그레고르는 조심스럽게 천천히 말했다. 그러면서도 밖에서 들리는 소리를 한 마디도 놓치지 않으려고 꼼짝도 하지 않았다. 지배인이 말했다.

“그래요, 부인. 저도 달리 생각할 수 없군요. 별일 아니기를 바랍니다. 하지만 다른 한편으로 말씀드리고 싶은 게 있답니다. 유감스럽게 생각해야 할지 다행이라 여겨야 할지 모르겠지만, 우리처럼 장사를 하는 사람들은 몸이 좀 불편한 것쯤은 그냥 참고 일에 매진해야 한다는 점입니다.”

“그럼 이제 지배인님이 네 방에 들어가도 되겠니?”

마음이 급해진 아버지가 이렇게 말하고는 다시 한번 문을 두드렸다.

“안 돼요!”

그레고르의 대답에 왼쪽 옆방에는 숨 막힐 듯한 정적이 감돌았고, 오른쪽 옆방에서는 누이동생이 흐느껴 울기 시작했다.

도대체 누이동생은 왜 다른 사람들이 있는 곳으로 가지 않을까? 이제야 겨우 일어나 아직 옷을 입지 않은 모양이었다. 그런데 울긴 왜 우는 걸까? 그가 일어나지도 않은 데다 지배인을 들어오지도 못하게 해서 그런 것일까? 아니면 그가 일자리를 잃기라도 할까 봐? 그렇게 되면 사장이 옛날에 진 빚을 독촉하며 부모님을 괴롭힐까 봐 그런 걸까?

하지만 그런 걱정은 아직 할 필요가 없었다. 그레고르는 여기 있고 가족을 저버릴 생각이 전혀 없으니까. 지금은 카펫에 누워 있는 신세이지만, 그의 상태를 아는 사람이라면 어느 누구도 지배인을 방에 들이라고 요구하지 못할 것이다.

나중에 충분히 변명할 수 있는 사소한 결례를 저질렀다고 해서 그레고르를 당장 해고할 수는 없는 일이었다. 지금은 울며불며 그를 귀찮게 하느니 차라리 그냥 내버려두는 것이 더 현명한 일일 듯싶었다. 그러나 그들이 어찌할 줄 모르고 그렇게 행동할 수밖에 없는 이유는 그의 태도가 불분명하기 때문이었다.

지배인이 목소리를 높여 말했다.

"잠자 군! 도대체 어찌 된 일인가? 방에 틀어박혀 담을 쌓고, '네', '아니요'만 연발하면서, 괜한 걱정으로 자네 부모님을 괴롭히다니 말이야. 말이 나왔으니 말이지만, 자네의 이런 직무 태만은 지금까지 듣도 보도 못한 일이네. 내 여기서 자네 부모님과 사장님의 이름으로 말하네만, 지금 당장 알아듣게 해명해주게. 진심으로 부탁하네. 난 정말이지 너무 놀랐네. 지금까지 자네를 침착하고 분별 있는 사람이라고 생각했는데, 이제 보니 쓸데없이 고집을 부리는 사람인 것 같군. 사실은 오늘 아침 일찍 사장님께서 자네가 출근하지 않은 이유를 생각해보시고는 나한테 넌지시 말씀하셨네. 얼마 전 자네한테 미수금을 맡겼는데, 그 때문인 듯하다고 말이야. 물론 나는 내 명예를 걸고 그럴 리 없다고 말씀드렸네. 그러나 지금 자네가 말도 안 되는 고집을 부리고 있는 것을 보니 자네를 두둔하고 싶은 생각이 싹 달아나는군. 그리고 말해둘 것은, 이러다가는 일자리를 잃을 수도 있다는 점이야. 사실 이런 이야기는 단둘이 할 생각이었는데, 자네 때문에 공연히 시간을 허비하는 바람에 자네 부모님도 들을 수밖에 없게 됐네. 요즘 자네의 판매 실적도 썩 만족스럽지 않네. 물론 장사가 잘 안 되는 철이라는 점은 우리도 인정하네. 하지만 사실 장사가 안 되는 철이라는 건 없는 법이야. 있어서도 안 되고. 알겠나, 잠자 군?"

"하지만 지배인님!"

그레고르는 흥분한 나머지 다른 것은 다 잊고 저도 모르게 소리쳤다.

"지금 당장 문을 열지요. 몸이 좀 안 좋아서, 그러니까 현기증이 나서 일어날 수가 없었어요. 그래서 아직도 침대에 누워 있어요. 하지만 지금은 괜찮아요. 막 침대에서 일어나는 중이에요. 조금만 기다려주세요. 생각했던 것만큼 가뿐한 건 아니지만, 곧 좋아지겠죠. 사람한테 어떻게 이런 일이 일어날 수가! 어제저녁만 해도 아무렇지 않았어요. 그건 부모님도 잘 알고 계실 거예요. 아니, 어제저녁부터 이상한 감이 들긴 했죠. 저를 자세히 살펴본 사람은 눈치챘을 겁니다. 왜 미리 상점에 알리지 않았는지! 이 정도쯤은 집에서 쉬지 않아도 충분히 견딜 수 있다고 생각했거든요. 지배인님, 부모님한테는 뭐라고 하지 마세요. 아무 근거도 없이 저를 비난하지는 말아주세요. 저는 지금까지 단 한번도 그런 비난을 받아본 적이 없어요. 지배인님께서는 제가 최근에 발송한 주문서를 미처 못 보신 것 같군요. 어쨌든 8시 기차로 출발하겠습니다. 몇 시간 쉬었더니 기운이 좀 나네요. 제발 부탁드립니다. 먼저 가 계시면, 저도 곧 상점으로 가겠습니다. 사장님께도 그렇게 전해주세요."

그레고르는 자신이 무슨 말을 하는지도 모르고 속사포처럼 쏟아냈다. 그러는 동안 침대에서 연습한 경험을 살려 쉽게 옷장으로 다가가 거기에 기대 몸을 일으켜보려고 했다.

그레고르는 정말 방문을 열고 자기의 모습을 지배인에게 보여주면서 그와 이야기할 작정이었다. 그렇게 자신을 보고 싶어 하는 사람들이 정작 그 모습을 보면 뭐라고 할지 궁금하기도 했다. 그들이 질겁한다면 그건 그의 책임이 아니니 조용히 있을 수 있다. 그러나 그들이 모든 것을 태연히 받아들인다면, 그 역시 흥분할 하등의 이유가 없으니, 서두른다면 8시 기차를 탈 수 있을 것이다.

그레고르는 처음에 몇 번 반들반들한 옷장에서 미끄러지다가 마침내 몸을 일으켜 똑바로 섰다. 하반신이 몹시 쑤시고 타는 듯이 아팠지만 개의치 않았다. 그는 곧 가까이에 있는 의자 등받이로 몸을 날려 가늘고 작은 다리로 의자 모서리를 꽉 붙잡았다. 그레고르는 그렇게 해서 몸을 가누고 지배인의 얘기를 들으려고 입을 다물었다.

"아드님이 무슨 말을 하는지 알아들으셨나요? 한 마디도 못 알아듣겠군요. 저 친구가 우리를 놀리고 있는 건 아니겠지요?"

지배인이 부모님에게 말했다.

"천만에요! 그럴 리가 있겠습니까? 아무래도 몸이 몹시 안 좋은가 봅니다. 우리가 지금 저 애를 괴롭히고 있는 겁니다. 그레테, 그레테!"

어느새 어머니가 울먹이면서 소리쳤다.

"네, 엄마!"

맞은편에서 누이동생이 소리쳤다. 그들은 그레고르의 방을 사이에 두고 이야기하고 있었다.

"지금 당장 의사한테 좀 다녀오너라. 아무래도 그레고르가 병이 난 모양이다. 빨리 의사를 불러와야겠어. 너 방금 그레고르 말소리 들었니?"

"그건 짐승의 소리였습니다."

지배인은 어머니가 소리치는 것보다 훨씬 나지막하게 말했다.

"안나! 안나! 얼른 가서 열쇠공 좀 데려와!"

아버지가 거실 너머 부엌을 향해 소리치며 손뼉을 쳤다.

그러자 두 소녀는 벌써 치맛자락을 사각거리며 거실로 달려
가—도대체 누이동생은 어떻게 그리도 빨리 옷을 갖춰 입었을
까?—현관문을 확 열어젖혔다. 문이 닫히는 소리는 들리지 않았
다. 큰 불상사가 일어난 집이 흔히 그렇듯 문을 열어둔 채 나가
버린 모양이었다.

하지만 그레고르의 마음은 오히려 훨씬 더 차분해졌다. 그새
자신의 목소리가 귀에 익어서 그런지 자기 귀에는 아주 또렷이,
전보다 훨씬 더 또렷하게 들리는 것 같은데, 사람들은 그의 말
을 알아듣지 못했다.

그러나 사람들은 지금 그레고르의 몸 상태가 정상이 아니라
고 믿고 그를 도와주려고 했다. 처음으로 조치를 취해준 것을
보고 기대하는 마음과 믿음으로 기분이 좋아졌다. 그는 사람들
이 사는 세계로 다시 돌아간 듯했고, 의사건 열쇠공이건 간에
두 사람이 굉장히 큰일을 해주기를 바랐다.

다가오는 결정적인 순간에 이야기를 나눌 때 또박또박 말하
려고 그레고르는 헛기침을 몇 번 해보았다. 하지만 기침 소리마
저 사람의 소리로 들리지 않을까 봐 소리를 죽이려고 애썼다.
이제는 더 이상 자신의 목소리가 어떤지 판단할 수 없었다.

그러는 동안 어느새 옆방이 조용해졌다. 아마 부모님과 지배인이 책상에 둘러앉아 귀엣말로 속닥거리거나, 아니면 문에 기대어 엿듣고 있는지도 몰랐다.

그레고르는 의자를 천천히 문 쪽으로 밀고 가서 몸을 날려 문을 붙들고 꼿꼿이 섰다. 그의 발바닥에서 찐득찐득한 물질이 조금 분비되었다. 그리고 잠시 긴장을 풀고 한숨을 돌렸다. 그러고 나서 입으로 열쇠 구멍에 꽂힌 열쇠를 돌리기 시작했다. 유감스럽게도 이빨이 하나도 없는 것 같았다. 무엇으로 열쇠를 잡아야 할까? 그러나 이빨 대신 억센 턱이 있었다. 그레고르는 턱으로 열쇠를 돌렸다. 그사이 자신의 몸 어딘가에 상처가 난 것도 모르고 있었다. 입에서 열쇠를 타고 갈색 액체가 흘러나와 마룻바닥에 뚝뚝 떨어졌지만, 조금도 개의치 않았다.

"저 소리 좀 들어봐요! 열쇠를 돌리고 있어요."

옆방에 있는 지배인의 목소리였다. 그 말에 그레고르는 힘이 났다. 그는 아버지와 어머니도 기운을 내라고 소리쳐 주었으면 싶었다. '그레고르, 힘내! 조금만 더 돌려! 열쇠를 꼭 붙잡고!'라고. 이렇게 애쓰는 자신을 모두가 주시하고 있다는 생각에 그는 더욱 미친 듯이 열쇠를 물고 매달렸다.

열쇠가 돌아감에 따라 그레고르의 몸도 열쇠 주위를 빙글 돌았다. 지금은 오직 입 하나로 몸을 똑바로 지탱하고 있었다. 필요에 따라 열쇠에 매달리기도 했다가 온몸의 무게로 열쇠를 내리누르기도 했다. 그러다 마침내 찰카닥하는 소리에 그는 번쩍 정신을 차렸다. 그리고 "열쇠공이 무슨 필요야!"라고 중얼거리며 문을 활짝 열어젖히려고 머리를 손잡이에 올렸다.

이렇게 해서 문이 꽤 많이 열리기는 했다. 그러나 문이 안쪽으로 열리는 바람에 문에 가려 밖에서는 그레고르의 모습이 보이지 않았다. 그는 문짝을 따라 천천히 조심스럽게 돌아 나와야 했다. 더욱이 거실로 들어서기도 전에 문 앞에서 벌렁 나자빠져 흉한 꼴을 보이고 싶지 않았다.

그레고르는 힘겹게 움직이는 데 골몰하느라 다른 건 신경 쓸 겨를도 없었다. 그래서 "악!" 하는 지배인의 외마디 비명 소리도 그의 귀에는 마치 스쳐 가는 바람 소리로 들렸다. 곧 지배인의 모습이 그의 눈에 들어왔다. 문 앞에 바싹 붙어 서 있던 지배인은 벌어진 입을 손으로 틀어막고는 슬금슬금 뒷걸음질을 치고 있었다. 마치 보이지 않는 어떤 힘이 그를 계속 밀어내고 있는 듯했다.

어머니는 지배인이 왔는데도 간밤에 헝클어진 머리 그대로 거기 서 있었다. 처음에 그녀는 두 손을 모으고 아버지를 쳐다보고 나서 그레고르 앞으로 두어 걸음 오는가 싶더니 그만 풀썩 쓰러졌다. 사방으로 둥그렇게 펼쳐진 치마 한가운데 주저앉은 어머니의 얼굴은 가슴에 파묻혀 전혀 볼 수가 없었다.

아버지는 그레고르를 방 안으로 도로 밀어 넣으려는 듯 적의에 찬 표정으로 주먹을 불끈 쥐었다. 그러나 다음 순간 불안한 눈빛으로 거실을 둘러보더니 두 손으로 눈을 가리고 육중한 가슴을 들먹거리며 울어댔다.

그레고르는 거실로 발을 내디딜 생각은 하지도 않고, 굳게 걸어 잠긴 한쪽 문을 붙들고 방 안쪽에 서 있었다. 밖에서는 그의 몸 반쪽과 사람들을 내다보려고 갸울이고 있는 그의 머리만 보였다.

그러는 동안 날이 훤하게 밝아 길 건너 맞은편에 끝없이 길게 늘어선 회색 건물 한쪽이 선명하게 제 모습을 드러냈다. 그것은 병원이었다. 병원 앞쪽 벽에는 규칙적인 간격으로 창문이 죽 나 있었다. 아직도 비가 내리고 있었다. 하나하나가 눈에 보일 만큼 굵은 빗방울이 땅 위로 뚝뚝 떨어졌다.

식탁 위에는 아침 식사를 마친 접시들이 잔뜩 널려 있었다. 아버지에게는 아침이 하루 중 가장 중요한 식사였다. 여러 가지 신문을 읽으면서 식사를 하느라 아침은 늘 몇 시간씩 걸렸다.

맞은편 벽에는 그레고르가 군대 시절 찍은 사진이 걸려 있었다. 육군 소위 때 사진인데, 한 손으로 군도를 쥐고 환하게 미소 짓고 있는 모습이 마치 사람들에게 당당한 자기 모습과 군복에 경의를 표하라고 강요하는 듯했다. 현관으로 통하는 문과 현관문이 모두 열려 있어서 현관 앞쪽과 아래로 내려가는 계단 첫머리가 보였다.

그레고르는 이런 때에 그래도 냉정을 잃지 않는 건 자기밖에 없다고 생각하고 먼저 입을 열었다.

"저, 그러면 곧 옷을 갈아입고 견본을 챙겨 출발하겠습니다. 그래도 되겠죠, 그렇죠? 지배인님, 보시다시피 저는 고집불통이 아니라 일을 즐기는 사람입니다. 참으로 고달픈 게 여행이지만, 그렇게 출장을 가지 않고서는 먹고살 수 없으니까요. 지배인님은 어디로 가실 겁니까? 상점으로 가실 건가요? 그렇죠? 모든 일을 사실대로 보고하실 거죠? 지금 당장은 사정이 있어 일을 할 수 없지만, 이런 때야말로 그동안의 실적을 생각해주세요.

일이 해결되고 나면 더 열심히, 전심전력을 다해 일할 겁니다. 제가 사장님한테 정말 많은 신세를 졌다는 건 지배인님도 잘 알고 계실 겁니다. 더욱이 저는 부모님과 누이동생을 책임져야 합니다. 지금은 곤경에 처해 있지만 머지않아 여기서 빠져나갈 겁니다. 그러니 일을 더 어렵게 만들지 말아주세요. 제 편이 되어주세요. 사람들이 외판원을 싫어한다는 건 저도 잘 알고 있습니다. 큰돈을 벌어 호사를 누리고 있다고 생각하죠. 이런 편견을 바꿀 만한 계기도 딱히 없는 게 사실이고요. 하지만 지배인님, 지배인님이야말로 다른 직원들보다 상점의 실정을 잘 알고 계시니 드리는 말씀입니다. 사장님이야 주인이다 보니 상황을 제대로 파악하지도 않고 직원들한테 불리한 판단을 내리기 쉬울 겁니다. 지배인님도 알다시피 1년 365일 내내 상점 밖에서 살다시피 하면서 외근을 하는 저희 외판원들은 뒷소문이나 우연한 사건, 혹은 근거 없는 비난에 시달리기가 얼마나 쉽습니까? 외판원들은 상점에서 무슨 일이 일어났는지도 모르는 데다 녹초가 되어 돌아왔을 때에야 비로소 분위기가 좋지 않다는 것을 감지하지만, 원인을 알 수 없으니 어떻게 대응할 수도 없다는 것을 잘 아실 겁니다. 지배인님, 떠나시기 전에 어느 정도는 맞는 말이라고 한마디만 해주세요."

그러나 지배인은 그레고르의 첫마디에 이미 돌아서서 입술을 쭉 내밀고 어깨를 들먹거리며 뒤를 돌아보았다. 그레고르가 말하는 동안 지배인은 시선을 그에게 고정한 채 잠시도 가만히 있지 않고 슬금슬금 문 쪽으로 물러났다. 그러면서도 비밀리에 방을 떠나서는 안 된다는 금지령이라도 내려진 듯 아주 조금씩 천천히 발을 뗐다. 어느덧 현관 앞에 다다라 거실에서 마지막 걸음을 뗄 때 지배인은 발바닥에 불이라도 붙은 듯 부리나케 현관문을 빠져나갔다. 그리고 마치 초자연적인 구원의 손길이 그를 기다리고 있기라도 한 듯 오른손을 현관 계단 쪽으로 쭉 뻗었다.

그레고르는 지배인을 이대로 보냈다가는 상점에서 자신의 자리가 위태로워질지도 모른다는 것을 직감했다. 부모님은 이런 실정을 제대로 모르고 있었다. 그가 여러 해 동안 이 상점에서 일하다 보니 그곳에서 평생 일하며 먹고살 수 있다고 생각한 모양이었다. 게다가 지금은 당장 눈앞에 닥친 걱정거리에 사로잡혀 나중 일까지 생각할 여유가 조금도 없었다.

그러나 그레고르는 앞으로 어떤 일이 벌어질지 알고 있었다. 지배인을 붙들어놓고 마음을 가라앉힌 다음 설득해서 자기편으로 만들어야 했다. 그레고르와 가족의 장래가 여기에 달려 있었다. 이 자리에 누이동생이 있었더라면 좋았을 텐데! 영리한 누이동생이.

그레고르가 아직은 가만히 누워 있을 때 벌써 누이동생은 울고 있었다. 평소에 여자를 좋아하는 지배인이니, 누이동생이라면 잘 설득해서 그의 마음을 돌려놓을 수 있을 텐데. 일단 현관문을 닫고 그의 놀란 가슴을 진정시킬 수 있을 텐데. 그러나 아쉽게도 지금 이 자리에는 누이동생이 없었다. 어쩔 수 없이 그레고르가 나서야 했다. 그래서 지금 자신이 어떻게 얼마나 움직일 수 있는지도 모른 채, 더구나 사람들이 십중팔구 자신의 말을 알아듣지 못했다는 것조차 생각하지 않고 지배인을 붙잡으러 문짝에서 몸을 떼어 열린 문틈으로 나가려 했다.

그때 지배인은 벌써 층계 난간을 두 손으로 우스꽝스럽게 잡고 있었다. 그러나 그레고르는 잡을 것을 찾다가 낮은 비명을 내지르며 숱한 다리를 깔고 엎어졌다. 그러자 그는 오늘 아침 처음으로 편안함을 느꼈다. 작은 다리가 비로소 딱딱한 마룻바닥을 딛게 되었던 것이다. 그 다리들이 고분고분 말을 들어서 기뻤다. 심지어 그가 가려는 곳으로 몸을 움직이려고 안간힘을 썼다. 그는 이제 얼마 안 있으면 모든 고통이 사라질 거라고 믿었다.

그런데 그레고르가 어머니로부터 별로 떨어지지 않은 곳에서 움직이는 것을 억제하려고 몸을 흔들거리며 그녀와 마주 보고 마룻바닥에 엎드려 있을 때였다. 완전히 정신을 잃었던 어머니가 느닷없이 벌떡 일어났다. 그러고는 양팔을 쭉 뻗어 손가락을 쫙 펴고 소리쳤다.

"사람 살려요, 사람 살려!"

어머니는 그레고르를 자세히 보려는 듯 고개를 갸웃하고 정신없이 뒷걸음질을 쳐 달아났다. 자기 뒤에 식사를 차려놓은 식탁이 있다는 것도 잊어버리고 뒷걸음질을 치다가 혼이 나간 사람처럼 그 위에 털썩 올라앉았다. 그 바람에 옆에 놓여 있던 커다란 주전자가 쓰러져 커피가 홍수처럼 카펫 위로 쏟아지는데도 전혀 알아차리지 못했다.

"어머니, 어머니!"

그레고르는 나지막하게 부르며 어머니를 올려다보았다. 지배인에 대한 생각은 한순간에 그의 머릿속에서 사라졌다. 그 대신 흘러내리는 커피를 보자 마시고 싶은 마음을 누르지 못하고 허공에다 대고 턱으로 입맛을 쩝쩝 다셨다. 그 소리를 듣고 어머니는 다시 비명을 지르며 식탁에서 뛰어내려, 달려온 아버지의 품에 안겨 쓰러졌다.

그러나 그레고르는 부모님한테 신경 쓸 겨를이 없었다. 지배인은 벌써 계단에 서 있었던 것이다. 지배인은 턱을 난간 너머로 내밀고 마지막으로 한 번 더 뒤를 돌아보았다. 그레고르는 가능하면 지배인을 붙잡으려고 달려갔다. 그러자 지배인은 어떤 예감이 들었는지 한꺼번에 몇 계단씩 뛰어내려 금세 사라졌다.

밑에서 지배인이 "휴!" 하고 한숨짓는 소리가 계단 위까지 울렸다. 불행하게도 지배인이 도망치는 것을 보고 이제까지 침착하게 있던 아버지가 혼란에 빠지고 말았다. 그는 직접 지배인을 붙잡으러 가든가, 아니면 적어도 쫓아가는 그레고르를 막지는 말았어야 했다. 그러나 그는 소파에 두고 간 지배인의 모자와 외투, 지팡이를 오른손으로 집어 들고, 왼손으로는 식탁에 놓인 두툼한 신문지를 집어 들더니 되레 발까지 구르며 지팡이와 신문지를 휘둘러 그레고르를 그의 방으로 몰아넣으려고 했다.

그레고르가 아무리 애원해도 소용없었다. 애원하는 소리를 알아듣지 못하자 단념하고 고분고분 고개를 돌리려 했지만 아버지는 점점 더 요란하게 발을 굴렀다. 건너편에서는 어머니가 날이 몹시 쌀쌀한데도 창문을 열어젖히고 창밖으로 몸을 내민 채 두 손으로 얼굴을 감싸고 있었다.

골목 안과 계단 사이로 세찬 바람이 불어와 창문에 늘어뜨린 커튼이 펄럭거렸다. 책상 위에 있던 신문도 펄럭이더니 이윽고 한 장씩 마룻바닥에 떨어졌다. 매정하게도 아버지는 그레고르를 몰아넣으려고 사납게 쉭쉭거렸다. 그러나 그때까지 한 번도 뒷걸음질을 쳐보지 못한 그의 움직임은 몹시 느릴 수밖에 없었다.

돌아설 수만 있었다면 그레고르는 곧장 자기 방으로 들어갔을 것이다. 그러나 몸을 돌리느라 시간을 지체했다가 조급한 아버지의 비위를 거스를까 봐 두려웠다. 게다가 언제 어느 때 아버지가 들고 있는 지팡이로 자신의 등이나 머리에 치명적인 타격을 가할지 몰랐다. 그러나 어쨌든 몸을 돌려야 했다. 뒷걸음질을 치다가 방향을 제대로 못 잡으면 더 큰일이었다.

그레고르는 불안한 눈빛으로 아버지를 끊임없이 힐끔거리면서 제 딴에는 가능한 한 잽싸게 몸을 돌렸다. 그러나 실제로는 몹시 느렸다. 그제야 아버지는 그한테 적의가 없다는 것을 알아차린 듯, 더 이상 방해하지 않고 이따금 멀찌감치 떨어져서 지팡이 끝으로 몸을 틀 방향을 잡아주었다.

저 듣기 싫은 쉭쉭 소리만 없으면 좋겠는데! 그레고르는 그 소리에 머리가 띵할 지경이었다. 거의 다 돌았을 때 지긋지긋한 쉭쉭 소리에 너무 신경을 쓴 나머지 그만 조금 더 돌고 말았다. 다행히 머리가 열린 문 앞에 다다랐는데, 그대로 들어가기에는 그의 몸이 너무 넓적하다는 것을 깨달았다.

아버지의 정신 상태로는 그레고르가 충분히 들어갈 수 있도록 다른 쪽 문을 열어주면 되겠다는 생각 같은 건 하지 못했다. 그의 머릿속에는 가능한 한 빨리 그레고르를 방으로 몰아넣자는 생각뿐이었다. 그레고르가 몸을 일으켜 세우면 무난히 문으로 들어갈 수 있겠지만, 아버지는 그가 일어서는 데 필요한 번거로운 준비 과정은 미처 생각지 못할 것이다. 오히려 그는 이제 거치적거리는 것이 없다는 듯 괴상한 소리를 내며 그레고르를 앞으로 몰아댔다.

이미 그레고르의 등 뒤에서 나는 소리는 이 세상에 둘도 없는 아버지의 목소리가 아니었다. 정말 웃지 못할 일이었다. 그레고르는 될 대로 되라는 심정으로 문을 향해 돌진했으나, 몸 한쪽이 들리는가 싶더니 열린 문틈에 비스듬히 걸리고 말았다. 그 바람에 그의 한쪽 옆구리가 쓸려서 완전히 벗겨졌고, 하얀 문짝에 보기 흉한 얼룩이 묻었다. 꼼짝없이 몸이 끼어 혼자서는 도저히 움직일 수 없었다. 몸이 들린 쪽 다리들이 허공에서 바르르 떨렸고, 다른 쪽 다리들은 마룻바닥에 짓눌려 몹시 아팠다.

그때 아버지는 이 방법밖에 없다는 듯 뒤에서 힘껏 그레고르를 걷어찼다. 그는 피를 철철 흘리며 자기 방으로 날아 들어갔다. 아버지는 문까지 지팡이로 쾅 쳐서 닫았고, 그제야 사방이 조용해졌다.

2

어둠이 깔릴 무렵, 그레고르는 혼수상태와 같은 깊은 잠에서 깨어났다. 그는 잠결에 빠른 발소리와 거실로 통하는 문을 조심스럽게 여닫는 소리를 들은 것 같았다. 그러나 푹 자고 일어난 듯했기 때문에 어떤 소리가 나지 않았더라도 더 자지 못했을 것이다. 가로등 불빛이 비쳐 들어 천장과 가구 맨 위쪽을 희미하게 비췄지만, 그레고르가 누워 있는 아래쪽은 컴컴했다.

그는 무슨 일이 일어났는지 알아보려고 뒤늦게 쓸모 있다는 것을 깨달은 더듬이를 더듬더듬 움직여서 문 쪽으로 어기죽어 기죽 기어갔다. 왼쪽 옆구리 언저리에 길게 난 상처가 땅겨 양쪽 다리를 절름거렸다. 게다가 아침 소란 통에 심하게 다친 다리 하나는 힘없이 질질 끌렸다. 하지만 어쨌든 다리가 하나밖에 다치지 않았다는 게 기적이었다.

문 앞까지 왔을 때 비로소 그레고르는 자신이 무엇에 이끌려 그곳까지 왔는지 알게 되었다. 바로 음식 냄새 때문이었다. 거기에는 잘게 자른 하얀 빵 조각이 둥둥 떠 있는 우유가 한 대접 놓여 있었다.

그레고르는 너무 좋아서 하마터면 웃음을 터트릴 뻔했다. 아침보다 훨씬 더 배가 고팠던 그는 눈까지 잠기도록 얼른 우유에 머리를 처박았다. 그러나 곧 실망해서 머리를 들었다. 왼쪽 옆구리가 땅겨서 먹으려면 온몸을 허덕여야 하기도 했지만, 무엇보다도 맛이 없었다. 평소 그가 좋아하던 거라고 누이동생이 가져다 놓았을 것이다. 그러나 지금은 입에 대기도 싫어서 몸을 돌려 방 한가운데로 기어갔다.

그레고르가 문틈으로 내다보니 거실에 가스등이 켜져 있었다. 이때쯤이면 늘 아버지가 어머니와 누이동생에게 석간신문을 큰 소리로 읽어주곤 했는데, 지금은 아무런 기척도 나지 않았다. 누이동생이 늘 이야기해주었고 출장 때는 편지에 쓰기도 했던 이 신문 낭독을 최근 들어 집어치운 모양이었다. 집 안에 아무도 없는 것은 아닐 텐데, 주위가 너무 고요했다.

"어쩌면 이렇게 조용할 수 있을까!"

그레고르는 혼잣말로 중얼거렸다. 그는 눈앞의 어둠 속을 뚫어지게 바라보면서, 부모님과 누이동생이 이렇게 버젓한 집에서 이만한 생활을 누릴 수 있는 건 그동안 자신이 애써 왔기 때문이라고 생각하며 스스로를 대견스러워했다. 그런데 이렇게 안락하고, 행복하고, 만족스러운 생활이 끔찍하게 끝나 버리면 어쩌지? 이런 불길한 생각을 떨쳐버리려는 듯 그레고르는 방 안을 이리저리 기어 다녔다.

긴 저녁 시간이 흐르는 동안 2개의 양쪽 문이 번갈아 빼꼼히 열렸다가 얼른 다시 닫혔다. 누군가 들어올 일이 있는데 망설이는 모양이었다. 그레고르는 선뜻 들어오지 못하고 머뭇거리는 방문객을 어떻게 해서든 안으로 끌어들이든가, 아니면 적어도 그가 누구인지 알아보려고 문 옆으로 바싹 다가갔다. 그러나 아무리 기다려도 문이 열리지 않았다.

아침에 문이 잠겨 있을 때는 너도나도 들어오고 싶어 안달이더니 문을 모두 열어놓은 지금은 아무도 들어오려 하지 않았다. 문 하나는 아침에 그레고르가 열었고, 다른 문도 낮 동안 누군가가 분명히 열어놓았을 텐데, 지금은 밖으로 열쇠가 꽂혀 있었다.

밤이 깊어서야 거실 등불이 꺼졌다. 그제야 부모님과 누이동생이 이제까지 잠자리에 들지 않았다는 것을 알 수 있었다. 세 사람이 발끝으로 살금살금 걸어가는 소리가 또렷이 들려왔던 것이다. 다음 날 아침까지 그레고르의 방에 아무도 들어오지 않을 것이다. 이제 아무런 방해도 받지 않고, 앞으로 새로운 생활을 어떻게 꾸려나갈지 충분히 생각해볼 수 있게 되었다. 그러나 마룻바닥에 계속 엎드려 있다 보니 5년 동안 지내온 이 높고 텅 빈 방에 있는 게 오히려 불안했다. 뚜렷한 이유는 알 수 없었다.

그레고르는 왠지 모를 부끄러움에 저도 모르게 소파 밑으로 기어 들어갔다. 등이 조금 눌리고 머리를 들 수조차 없는데도 그곳이 더 아늑하게 느껴졌다. 다만 몸통이 너무 넓적해서 소파 밑으로 완전히 들어갈 수 없는 것이 안타까웠다.

그레고르는 밤새도록 소파 밑에 있었다. 그곳에서 꾸벅꾸벅 졸다가 배가 고파서 깜짝깜짝 놀라 깨기도 하면서 온갖 걱정과 막연한 희망에 잠겼다. 그러나 아무리 생각해도 결론은 한 가지였다. 지금은 자신 때문에 겪을 수밖에 없는 불쾌한 일들을 가족들이 잘 견뎌낼 수 있도록 조용히 참고 배려해주어야 한다는 것이었다.

아직 어둠이 가시지 않은 새벽녘이 되자 이 결심이 과연 옳은 것인지 시험해볼 기회가 생겼다. 어느새 옷을 다 차려입은 누이동생이 거실 쪽 문을 열고 조마조마한 표정으로 방 안을 들여다보았다. 그녀는 그레고르를 금방 발견하지 못하다가 소파 밑에 있는 것을 보고는—이 방 어딘가에 있어야 하지 않은가, 날아서 멀리 달아날 수도 없는데—몹시 놀라 순간적으로 문을 쾅 닫았다. 그러나 누이동생은 곧 자기가 한 짓을 후회한 듯 다시 문을 열고, 마치 중병 환자나 낯선 사람 옆에라도 가는 듯 발끝으로 걸어 들어왔다. 그레고르는 소파 가장자리까지 목을 빼고 누이동생을 관찰했다.

누이동생은 그레고르가 우유를 먹지 않았다는 것을 알아차릴까? 그것도 배가 고프지 않아서 그런 게 아니라는 것을 알아차리고 그의 입맛에 맞는 다른 음식을 다시 가져다줄까? 그는 누이동생이 알아서 그렇게 해주지 않는다면, 그것을 알아차리게 하느니 차라리 굶어 죽는 편이 낫다고 생각했다. 그러나 사실 소파 밑에서 기어 나와 누이동생 발밑에 엎드려 먹을 만한 음식 좀 갖다 달라고 부탁하고 싶은 마음이 굴뚝같았다.

바닥에 조금 흘리기는 했지만 대접에 우유가 가득 있는 것을 보고 누이동생은 몹시 놀란 기색이었다. 그녀는 곧 대접을 맨손이 아니라 걸레로 집어 들고 밖으로 나갔다. 이번에는 무엇을 가져다줄지 몹시 궁금했던 그레고르는 이런저런 상상을 해보았다. 그러나 누이동생이 무엇을 가져올지 실제로 알아맞힐 수는 없었을 것이다. 그녀는 그의 입맛에 맞는 게 무엇인지 알아보려고 온갖 음식을 가져와 헌 신문지에 죽 늘어놓았으니 말이다.

오래되어 다 썩은 야채와 저녁 식사 때 먹다 남은, 하얀 소스가 잔뜩 말라붙은 뼈다귀도 있었다. 건포도와 아몬드 몇 알, 이틀 전에 그레고르가 맛없다고 투덜거린 치즈 한 조각, 아무것도 바르지 않은 빵과 버터를 바른 빵, 버터를 바르고 소금을 뿌린 빵도 있었다. 이것들 말고도 분명 그레고르 전용인 듯한 사발에 물도 담겨 있었다. 세심한 누이동생은 자기가 있으면 먹지 않을 것을 알았는지 얼른 방에서 나갔다. 그리고 마음 놓고 편하게 먹으라는 뜻으로 열쇠를 돌려 문을 잠가주었다.

그레고르는 작은 다리들을 꿈틀거리며 음식을 먹으러 갔다. 어느새 상처도 다 나았는지 불편한 데가 전혀 없었다. 아무리 생각해도 놀라운 일이었다. 한 달 전 칼에 베인 손가락의 상처가 그저께까지 몹시 욱신거리고 아팠던 일이 떠올랐던 것이다. 그는 '갑자기 모든 감각이 무뎌진 걸까?'라고 생각했다.

그런 생각이 머리를 스치는 사이 그레고르는 벌써 다른 어떤 음식보다 입맛을 강하게 끌어당기는 치즈를 탐욕스럽게 핥아먹었다. 너무 좋은 나머지 눈물까지 흘리며 치즈, 야채, 소스를 정신없이 먹어치웠다. 그런데 신선한 음식은 도리어 맛이 없었다. 냄새조차 역겨워서 먹고 싶은 것만 조금 떨어진 곳으로 끌어다 놓기도 했다.

누이동생이 이제 물러가 있으라는 신호로 천천히 열쇠를 돌릴 때 그레고르는 이미 모든 식사를 끝내고 그 자리에 늘어진 듯 엎드려 있었다. 스르르 잠이 들었다가 열쇠 돌리는 소리에 놀라 서둘러 소파 밑으로 기어 들어갔다. 누이동생이 잠깐 방에 머물렀는데도 그사이 소파 밑에서 꾹 참고 있으려니 고역이었다. 배불리 먹은 탓에 몸집이 늘어나 비좁은 그곳에서는 숨조차 제대로 쉴 수 없었다.

그레고르는 숨이 턱턱 막히는 것을 겨우 참으면서 살짝 튀어 나온 눈으로 누이동생을 바라보았다. 그러한 상황을 전혀 눈치 채지 못한 그녀는 먹다 남은 찌꺼기와 그가 입도 대지 않은 음식까지, 모두 내다 버릴 것이라는 듯 빗자루로 쓸어 모아 양동이에 붓고 얼른 나무 뚜껑을 덮어 가지고 나가버렸다. 그녀가 돌아서자마자 그레고르는 소파 밑에서 기어 나와 몸을 쭉 뻗으며 숨을 몰아쉬었다.

그레고르는 날마다 이렇게 음식을 받아먹었다. 한 번은 부모님과 하녀가 아직 일어나지 않은 아침 시간에 들어왔고, 또 한번은 다른 사람들이 모두 점심 식사를 끝낸 다음에 들어왔다. 부모님은 점심 식사를 하고 난 뒤 으레 낮잠을 자는 습관이 있었고, 하녀는 누이동생이 장을 보러 내보냈던 것이다.

부모님은 그레고르가 굶어 죽기를 바라지는 않겠지만, 그의 식사에 관해서는 누이동생이 말해주지 않는 한 알고 싶어 하지 않을 것이다. 누이동생 또한 부모님이 슬퍼할 만한 건 말하고 싶지 않을 것이다. 지금까지 겪은 일만으로도 충분히 괴로워하고 있으니까.

그날 아침 무슨 말로 의사와 열쇠공을 돌려보냈는지 그레고르는 도통 듣지 못했다. 그의 말을 못 알아들으니 그가 사람들의 말을 알아들을 거라고는 어느 누구도 생각지 못했다. 누이동생 역시 마찬가지였다. 그래서 그녀가 방에 들어왔을 때 그레고르 귀에 들리는 거라고는 한숨 소리와 성자(聖者)의 이름을 부르며 기도하는 소리가 다였다.

누이동생은 이런 일에 어느 정도 익숙해진 다음에야—물론 완전히 익숙해질 수는 없겠지만—이따금 다정한, 혹은 그런 뜻으로 받아들여도 좋을 말을 던졌다. 그레고르가 남김없이 다 먹어치웠을 때 그녀는 "오늘은 맛이 있었나 보네."라고 말했다. 그러나 그렇지 않을 때는 슬픈 투로 "또 그대로 남겼네."라고 말했는데, 날이 갈수록 이 말을 더 많이 했다.

그레고르는 직접적으로는 새로운 소식을 전혀 들을 수 없었지만 많은 일들을 엿들을 수 있었다. 옆방에서 말소리가 들려오기만 하면 그는 곧장 그쪽 문으로 달려가 온몸을 그 문에 바짝 갖다 댔다. 처음 며칠 동안은 어떤 것이든, 은밀히 나눈 것일지라도 그레고르에 관한 이야기뿐이었다.

이제 가족들은 이틀 내내 식사 때마다 어떻게 행동해야 할지를 두고 이야기를 나눴다. 다른 시간에도 같은 이야기뿐이었다.

그도 그럴 것이 아무도 혼자 집에 있으려 하지 않았고, 그렇다고 집을 비워놓고 죄다 나가버릴 수도 없는 노릇이었다. 그래서 언제나 가족 중 두 사람은 집에 남아 있었다.

바로 그 첫날 하녀는 이 일에 대해 무엇을 얼마나 알고 있는지는 몰라도, 어쨌든 어머니한테 당장 나가게 해달라고 무릎 꿇고 애원했다. 그리고 15분 뒤에 하녀는 작별 인사를 하고 집을 떠났다. 내보내 주는 것만으로도 큰 은혜를 베푸는 일인 듯 눈물까지 흘리면서 고마워했다. 게다가 부탁한 사람도 없는데 이번 사건에 대해 누구에게든 한 마디도 하지 않겠다고 엄숙하게 맹세까지 했다.

이제 누이동생이 어머니와 함께 식사를 준비해야 했다. 가족 모두 거의 아무것도 먹지 않아 부엌일은 그리 힘들지 않았다. 그레고르는 서로 무심하게 더 먹으라고 권하고, 그러면 '됐어, 고마워'라든가 그 비슷한 말을 하는 소리를 여러 번 들었다. 마실 것조차 먹지 않는 듯했다. 이따금 누이동생이 아버지에게 맥주를 드시겠냐고 묻고 자기가 직접 사 오겠다고 말하는데도, 아버지는 아무 말도 하지 않았다. 관리인 아주머니를 대신 보내면 되지 않겠냐고 하면 그제야 아버지는 큰 소리로 "아니다."라고 한마디 하셨다. 그러고 나서 맥주 얘기는 더 이상 하지 않았다.

그 일이 일어난 첫날, 아버지는 이미 현재 가진 재산이 얼마나 되는지, 그리고 앞으로의 생활이 어떨지 어머니는 물론 누이동생한테도 설명해주었다. 가끔 아버지는 식탁에서 일어나 5년 전 파산했을 때 건진 조그마한 비밀 금고에서 증서와 장부 같은 것을 꺼내 오곤 했다. 아버지가 복잡하게 생긴 자물쇠를 열고 찾는 물건을 꺼내더니 다시 잠그는 소리가 들렸다.

그레고르는 어떤 의미에서는 감금이라고 할 수 있는 생활을 시작한 이래 처음으로 아버지로부터 기쁜 소식을 들었다. 그는 사업이 파산했을 때 아버지가 땡전 한 푼 없는 알거지 신세가 되었다고 생각했다. 아버지가 그렇지 않다고 말한 적도 없고, 그 역시 아버지한테 그런 걸 물어본 적이 없었다.

그 당시 그레고르는 파산으로 절망에 빠진 가족들이 하루라도 빨리 쓰라린 기억에서 벗어날 수 있도록 온 신경을 쏟았다. 그때부터 그는 미친 듯이 일했고, 처음에 보잘것없는 점원이었던 그는 그야말로 순식간에 외판원이 되었다. 외판원이 돈을 버는 방식은 조금 달라서, 일한 만큼 수수료가 현금으로 바로 들어왔다. 그 돈을 가지고 집에 돌아와 식탁 위에 쏟아놓으면 식구들은 깜짝 놀라며 기뻐하지 않았던가.

그때는 남부러울 게 없던 시절이었다. 하지만 그 후로는 그와 같은 시절, 적어도 그처럼 행복했던 시절이 다시는 오지 않았다. 그 뒤로 그레고르가 온 가족의 생활비를 부담할 만큼 큰돈을 벌었고 실제로 생계를 전부 책임졌지만 말이다. 그나 가족들 모두 그런 생활에 익숙해졌던 것이다. 그가 돈을 벌어다 주면 식구들은 고맙게 받았고, 그는 기꺼이 내놓았다. 그러나 처음같이 훈훈한 정이 오가지는 않았다. 누이동생만 그와 친하게 지냈다.

누이동생은 그와는 달리 음악을 무척 좋아하는 아이였다. 특히 바이올린을 잘 켰는데, 그레고르는 내년에 그녀를 음악학교에 보내려고 남몰래 계획하고 있었다. 돈이 많이 들겠지만 개의치 않았다. 돈은 어떻게든 벌면 된다고 생각했던 것이다. 그가 며칠 집에 머무를 때면 늘 누이동생과 음악학교 이야기를 했지만, 그것은 이루어질 수 없는 아름다운 꿈일 뿐이었다. 부모님은 지나가는 말로 하는 소리조차 듣고 싶어 하지 않았다. 그러나 이 일을 구체적으로 생각하고 있던 그레고르는 이번 크리스마스 저녁에 엄숙하게 그 계획을 이야기하려고 했다.

문을 꼭 붙들고 서서 들려오는 이야기에 귀를 기울이고 있는 동안, 지금 처지로는 아무 소용도 없는 이런 부질없는 생각이 그의 머릿속을 스쳐 갔다. 가끔 더 이상 듣고 있기 힘들 만큼 온몸이 노곤해져서 부지불식간에 문에 머리를 부딪치고는 곧바로 머리를 꼿꼿이 들곤 했다. 이런 작은 소리까지 옆방에 들렸는데, 그러면 식구들 모두 일제히 입을 다물었다. 아버지가 또렷이 들릴 만한 소리로 문 쪽을 향해 "또 무슨 짓을 하는 모양이군."이라고 말했다. 그리고 잠시 뒤 중단되었던 이야기가 계속되었다.

그레고르는 그들이 무슨 이야기를 하는지 충분히 들을 수 있었다. 아버지는 여러 번 같은 설명을 했다. 그 자신이 이런 이야기를 해본 지가 하도 오래된 데다 어머니는 무엇이든 한 번 말해서는 도무지 알아듣지 못하는 사람이었기 때문이다. 그 불운했던 파산 중에도 적게나마 예전 재산이 조금 남아 있었고, 그동안 손도 대지 않은 데다 이자까지 조금 붙었다는 것이다. 그것 말고도 그레고르가 매달 집으로 가져온 돈을 다 쓰지 않고 모아 웬만큼 밑천이 된다고 했다. 사실 그레고르는 용돈이라고는 2, 3굴덴밖에 쓰지 않았다.

문 뒤에서 엿듣고 있던 그레고르는 뿌듯한 마음으로 열심히

고개를 끄덕였다. 식구들이 이처럼 신중하고 절약 정신이 투철한 줄은 꿈에도 생각지 못했던 것이다. 그만한 돈이 있었다면 아버지가 상점 사장에게 진 빚을 갚을 수도 있었을 것이고, 그랬더라면 그레고르가 훨씬 빨리 상점을 그만둘 수 있었으리라. 그러나 지금으로서는 아버지의 처사가 훨씬 더 현명했다고 말할 수밖에 없었다.

하지만 식구들이 이자를 받아 먹고살기에는 턱없이 적은 돈이었다. 1년, 잘해야 2년 정도는 생활할 수 있지만 그 이상은 아니었다. 사실 손을 대서는 안 되는 돈이며, 그 금액도 만일의 경우를 대비해 남겨놓은 정도였다. 따라서 생활비는 따로 벌어야 했다.

사실 아버지는 건강하기는 했지만 이미 늙은 몸이라 5년 전부터 아무 일도 하지 않았고, 매사에 자신이 없는 사람이었다. 아무 보람도 얻지 못하고 고생만 하다가 그래도 지난 5년 동안 처음으로 쉬면서 살이 많이 올라 걸음걸이조차 자연스럽지 못할 정도였다.

그렇다면 어머니가 돈벌이에 나서야 한단 말인가. 그녀로 말할 것 같으면 천식이라는 고질병이 있어 집 안을 조금만 돌아다

녀도 숨이 가빴다. 그래서 이틀에 한 번은 창문을 열어놓고 소
파에 누워 있어야 하는 형편이었다.

그러면 열일곱 살밖에 되지 않은 누이동생이 돈을 벌어야 한
단 말인가. 그 애는 아직 너무 어리고 지금까지 해온 생활이라
고는 옷이나 깔끔하게 입고, 잠이나 실컷 자면서, 기껏해야 집
안일이나 조금 도와주는 게 전부였다. 더 있다면 가끔 값싼 공
연이나 보러 가고, 무엇보다 바이올린 켜는 것이 고작이었다.
돈을 벌어야 한다는 이야기가 나올 때면 그레고르는 문을 떠나
창가에 놓인 차가운 가죽 소파에 몸을 던졌다. 너무 서글프고
수치스러워 온몸이 확 달아올랐던 것이다.

그레고르는 종종 잠을 이루지 못하고 밤새도록 소파에 누워
몇 시간이나 소파 가죽만 쥐어뜯었다. 때로는 안락의자를 힘겹
게 창가로 밀고 가서 의자를 발판으로 창턱까지 기어 올라가 창
문에 몸을 기댔다. 예전에 창밖을 내다보면서 무언가 자신을 억
누르고 있던 것에서 벗어난 기분을 느끼곤 했는데, 그때의 추억
이 떠오른 것이다.

그도 그럴 것이 날이 갈수록 조금만 멀리 떨어진 사물들도 점
점 희미하게 보였다. 전에는 아침저녁으로 매일 보여 지겹고 짜

증스럽던 맞은편 병원조차 이제는 전혀 보이지 않았다. 한적하기는 하나 어디까지나 도시 내에 있는 샤를로텐 가(街)에 자신이 살고 있다는 사실을 잊고 있다면 온통 잿빛이어서 어느 것이 하늘이고 어느 것이 땅인지 분간할 수 없는 황야가 눈앞에 펼쳐져 있다고 착각했을지도 모른다.

매사에 주위를 잘 살피고 세심한 누이동생은 안락의자가 창가에 있는 것을 단 두 번 보고는 방을 치우고 나면 언제나 의자를 창가에 밀어놓고 안쪽 창문까지 열어놓았다. 누이동생과 이야기를 나눌 수 있다면, 그래서 자신을 위해 그 많은 일을 애써주어서 고맙다고 말할 수 있다면 그레고르의 마음이 조금 더 가벼울 것이다. 그는 그렇지 못한 현실이 몹시 괴로웠다.

누이동생은 불쾌한 모든 것을 없애버리려 애썼고, 시간이 지날수록 그 모든 일을 쉽게 처리했다. 그레고르 또한 시간이 지나감에 따라 모든 상황을 더 정확하게 볼 수 있었다. 이제는 누이동생이 들어오는 것조차 싫었다. 예전 같으면 오빠의 방으로 들어올 때 밖에서 누가 볼세라 무척 신경을 쓰던 동생이었다. 그러나 지금은 방에 들어서기가 무섭게 문 닫을 새도 없이 곧장 창가로 뛰어가 숨 막혀 죽을 것 같다는 듯이 창문을 홱 열어젖히고 숨을 크게 내쉬었다. 아무리 날씨가 추워도 마찬가지였다. 누이동생은 하루에 두 번씩 이렇게 소란스럽게 방으로 들이닥쳤고, 그때마다 그레고르는 깜짝깜짝 놀랐다. 그는 누이동생이 일을 끝마칠 때까지 소파 밑에서 떨고 있어야 했다. 그러나 그는 그녀가 창문을 닫은 채 방에 머물 수 있다면, 그처럼 자신을 괴롭히지는 않을 거라는 것도 잘 알고 있었다.

그레고르가 변한 지 한 달쯤 지난 어느 날, 누이동생이 이제는 그를 보고도 크게 놀라지 않을 즈음이었다. 보통 때보다 일찍 방문을 연 동생이 그가 창밖을 내다보고 있는 모습을 보고 말았다. 꼼짝도 않고 그렇게 창가에 서 있었으니 놀랄 만도 했다. 그는 누이동생이 들어오지 않는 것을 보고도 이상하게 여기지 않았다. 자신이 창가에 서 있으니 곧장 달려와 창문을 열 수 없기 때문이라고 생각했다. 그런데 그녀는 들어오기는커녕 기겁을 하며 뒷걸음질을 치더니 문을 쾅 닫아버렸다. 모르는 사람이 봤다면 그가 몰래 숨어서 그녀가 들어오기를 기다리고 있다가 그녀를 물어뜯으려 했다고 생각할지도 모른다. 물론 그는 부리나케 소파 밑으로 들어가 숨었다.

아무리 기다려도 누이동생은 들어오지 않았다. 그러다 점심

때 나타났는데, 다른 때보다 훨씬 더 불안해 보였다. 아직은 그레고르의 모습을 똑바로 볼 수 없으며, 앞으로도 계속 그럴 것이고, 소파 밑으로 삐죽 튀어나온 그의 몸뚱이 한쪽을 보고 놀라 달아나지 않는 것만으로도 얼마나 참고 있는지를 그는 알 수 있었다.

자신의 모습을 조금도 보이고 싶지 않았던 그레고르는 어느 날 홑이불을 등에 싣고 소파 밑으로 갔다. 그러고는 누이동생이 몸을 굽히고 봐도 보이지 않도록 이불을 쫙 펴서 완전히 뒤집어썼다. 이 짓을 하는 데 거의 4시간이 걸렸다. 누이동생이 그가 홑이불을 뒤집어쓸 필요까지는 없다고 생각했다면 걷어버렸을 것이다. 그렇게 몸을 완전히 숨기고 있는 것이 그 또한 좋을 리 없다는 것쯤은 알고 있을 테니 말이다. 그러나 누이동생은 홑이불을 건드리지 않고 그대로 내버려두었다. 그녀가 이 새로운 장치를 어떻게 생각하는지 궁금했던 그레고르는 이불을 조심스럽게 살짝 들춰 보고는 그녀가 고마운 눈길로 자신을 쳐다보았다고 생각하기도 했다.

처음 2주일 동안 부모님은 감히 그레고르의 방에 들어서지도 못했다. 하지만 누이동생이 그의 방을 드나들며 돌봐주는 것을 대견스러워하는 소리가 종종 그레고르의 귀에 들렸다. 이제까지 부모님은 쓸모없는 계집아이라며 걸핏하면 누이동생을 나무라곤 했다.

누이동생이 그레고르의 방을 치우는 동안 아버지와 어머니는 방문 앞에서 가만히 기다렸다. 누이동생은 방을 나오자마자 그들에게 방이 어떻고, 그레고르가 무엇을 먹었고, 어떤 행동을 했는지, 좀 나아질 징조가 보이는지 하나하나 이야기해주었다. 어머니는 가능한 한 빨리 그레고르를 보고 싶었다. 그러나 아버지와 누이동생이 타당한 이유를 내세워 어머니를 말렸다. 그레고르가 들어봐도 십분 옳은 이유였다. 그러나 나중에는 굳이 들어가 봐야겠다고 고집을 부려 두 사람이 어머니를 강제로 붙들어야 했다.

"그레고르한테 가봐야겠어요. 누가 뭐래도 그 애는 내 자식이잖아요. 불쌍한 내 아들! 어미인 내가 들어가 봐야 하지 않겠어요?"

어머니가 울부짖는 소리를 듣고, 그레고르는 날마다 그러는 건 좀 곤란하지만 일주일에 한 번쯤은 어머니가 들어오는 것도 좋을 것 같았다. 아무래도 어머니가 누이동생보다 훨씬 더 잘 이해할 것이다. 용기 하나는 알아줄 만해도 누이동생은 아직 어린 아이다. 어리다 보니 멋모르고 이런 힘든 일을 떠맡았을 것이다.

어머니를 보고 싶어 하던 그레고르의 소원은 곧 이루어졌다. 그는 부모님을 생각해서 낮에는 창가에 기대어 있지 않으려고 했다. 그러나 몇 제곱미터밖에 안 되는 방바닥을 마냥 기어 다닐 수도 없는 노릇이었고, 가만히 엎드려 있는 건 밤만으로도 견디기 힘들었다. 더구나 먹는 것도 싫증이 났다. 그래서 심심풀이로 벽과 천장을 기어 다니다가 이내 습관이 들고 말았다.

특히 천장에 매달려 있는 것이 재미있었다. 마룻바닥에 엎드려 있는 것과는 전혀 다른 기분이었다. 숨 쉬기도 한결 편했고 온몸이 짜릿했다. 흐뭇하게 천장에 매달려 있다가 그만 방심해서 발을 떼는 바람에 자기도 모르게 바닥으로 털썩 떨어져 놀란 적도 있다. 그러나 이제는 전과 달리 몸을 자유롭게 놀릴 수 있었기 때문에 그렇게 높은 곳에서 떨어져도 다치지 않았다.

누이동생은 그레고르에게 새로운 취미가 생겼다는 것을 곧 알아챘다. 그가 기어 다니면서 여기저기 찐득찐득한 점액 자국을 남겼기 때문이다. 누이동생은 그가 가능한 한 넓은 공간을 마음껏 기어 다닐 수 있도록 방해가 될 만한 가구들, 그중 옷장과 책상을 우선 치울 작정이었다. 그러나 이 일을 그녀 혼자 할 수는 없었다. 감히 아버지한테 거들어달라고 할 수도 없었고, 그렇다고 하녀가 도와줄 리도 없었다.

열여섯 살짜리 하녀는 지난번 하녀가 나간 뒤 용케도 잘 버티고 있었지만, 특별한 일이 있을 때 말고는 부엌문을 항상 잠그고 일하게 해달라고 했다. 따라서 누이동생은 아버지가 안 계실 때 어머니를 부를 수밖에 없었다.

어머니는 기뻐서 어쩔 줄 모르고 환성을 지르며 달려왔다. 그러나 그레고르의 방문 앞에 이르자 어머니는 입을 딱 다물었다. 물론 누이동생은 먼저 방에 들어가 별 문제 없는지 살펴본 다음 어머니를 들였다.

그레고르가 급하게 푹 뒤집어쓰는 바람에 여기저기 주름이 잡힌 이불은 마치 아무렇게나 소파에 던져놓은 것처럼 보였다. 그는 이번에는 홑이불을 들치고 엿보지 않았다. 어머니의 얼굴을 보고 싶었지만 꾹 참았다. 어머니가 온 것만으로도 기뻤던 것이다.

"들어오세요. 오빠는 안 보이네요."

누이동생은 이렇게 말하며 어머니의 손을 잡고 끌어당기는 모양이었다. 이윽고 연약한 두 여자가 무겁디무거운 낡은 옷장을 끄는 소리가 들렸다. 너무 무리하지 말라고 어머니가 걱정하는데도 듣지 않고 누이동생 혼자 힘을 쓰고 있다는 것을 그레고르는 소리로 알 수 있었다.

꽤 시간이 흘렀다. 15분쯤 지났을 때 어머니가 옷장을 그냥 두자고 말했다. 우선 너무 무거워 아버지가 들어올 때까지 못 옮기면 방 한가운데 그냥 둬야 하는데, 그렇게 되면 그레고르가 방 안을 돌아다닐 수 없다는 것이다. 그리고 무엇보다 그레고르가 과연 좋아할지 모르겠다고 했다. 어머니는 오히려 그렇지 않을 것 같다고 했다. 텅 빈 벽을 보니 자신도 이렇게 마음이 쓸쓸한데, 그레고르인들 왜 안 그러겠냐는 것이다. 오랫동안 손때 묻은 가구에 정이 들었을 텐데, 갑자기 텅 빈 방에 덩그러니 있으면 틀림없이 버림받았다는 생각이 들 거라는 것이다.

어머니는 속삭이듯 나직하게 말했다. 그녀는 마치 정확하게 어디 있는지는 모르지만 방 안 어딘가에 있을 그레고르에게 목소리 울림조차 들리지 않게 하려는 듯했다. 그가 사람의 말을 알아듣는다고는 꿈에도 생각지 못하면서 말이다.

"가구를 치워버리면 그레고르가 나아지기를 바라지 않는 것처럼 보이지 않겠니? 가족들이 자기를 내팽개쳐 버렸다고 여길 거다. 그러니 방은 그대로 두는 것이 좋을 것 같구나. 그레고르가 돌아왔을 때 모든 것이 예전 그대로라면 그동안의 일을 훨씬 더 쉽게 잊을 수 있을 거다."

어머니의 말을 들었을 때 그레고르는 사람들과 이야기를 나누지도 못하고 매일 지루한 생활을 되풀이하는 동안 자신이 바보가 되어버렸다는 생각이 들었다. 그렇지 않고서야 자신이 어떻게 방 안의 가구를 몽땅 치워주기를 바라겠는가. 방에 아무것도 없으면 마음대로 기어 다닐 수는 있다. 그러나 그렇다고 해서 인간이었던 지난날을 완전히 잊고 대대로 내려온 가구들로 아늑하게 꾸며진 방을 한순간에 동굴로 바꿔버리고 싶었단 말인가.

그레고르는 이미 잊고 있었다. 그리고 오랫동안 듣지 못했던 어머니의 목소리를 듣고 정신이 번쩍 들었다. 아무것도 치워서는 안 된다. 모두 그대로 두어야 한다. 가구는 결코 자신에게 아무 의미도 없는 그런 물건이 아니다. 기어 다니는 데 방해가 된다 해도 그 또한 득이 될지언정 해가 되지는 않을 것이다.

그런데 섭섭하게도 누이동생의 생각은 그렇지 않았다. 응당 그럴 수밖에 없었지만, 어느새 그녀는 부모님 앞에서 그레고르 문제에 관한 한 누구보다 잘 아는 것처럼 나서곤 했다. 그녀는 처음에 옷장과 책상만 치울 생각이었다. 그런데 어머니의 충고를 듣고 되레 소파만 두고 다른 가구들까지 모두 치우자고 고집을 부렸다.

어린아이의 막연한 반항심이라거나, 요즘 들어 생각지도 않게 어렵사리 얻은 자신감 탓이라고만 할 수는 없었다. 누이동생은 그레고르가 기어 다니려면 충분한 공간이 필요하고, 누가 봐도 가구가 필요 없다는 것을 눈으로 직접 보고 느꼈던 것이다. 그 또래 소녀들이 으레 기회만 있으면 무언가에 열광적으로 빠져들듯이 그녀 또한 그러한 생각에 사로잡혀 있는지도 모른다. 결국 그레고르를 더욱 위해주고 싶은 마음이 그를 더 비참한 상황으로 몰고 갔던 것이다. 텅 빈 방에 그레고르 혼자 남게 되면, 그레테 말고는 어느 누구도 감히 들어올 엄두조차 내지 못할 테니까.

어머니가 말리는데도 누이동생은 마음을 바꾸지 않았다. 이 방에 있는 것만으로 불안해서 어쩔 줄 모르던 어머니는 곧 입을 다물고 힘을 다해 옷장 나르는 일을 거들었다. 그레고르에게 옷장은 없어도 되지만 책상은 꼭 있어야 한다.

이윽고 어머니와 누이동생이 낑낑거리며 옷장을 밀고 방을 나가자, 그레고르는 그들을 말릴 방법이 없을까 하고 조심스럽게 소파 밑으로 머리를 쑥 내밀었다. 그러나 불행하게도 먼저 방으로 돌아온 것은 어머니였다. 그레테는 옆방에서 꿈쩍도 안 하는 옷장을 붙들고 조금이라도 더 옮겨보려고 끙끙대고 있었다.

그레고르는 깜짝 놀라 뒷걸음질을 쳤다. 그의 모습에 익숙하지 않은 어머니가 어쩌면 크게 놀랄지도 몰랐던 것이다. 그러나 소파 뒤쪽 끝까지 가는 바람에 홑이불 앞쪽이 조금 들썩이는 것은 어쩔 수 없었다. 눈치를 챈 어머니는 잠시 멈칫하더니 곧장 그레테한테 달려갔다.

그레고르는 별일 아니라고, 그저 가구 몇 개를 옮기는 것뿐이라고 스스로를 달랬다. 그러나 가구가 마룻바닥에 끌리는 소리, 여자들이 들락거리는 소리, 그리고 서로 나직하게 부르는 소리가 한데 어우러져 마치 사방에서 큰 난리가 난 듯 느껴지는 것은 어쩔 수 없었다. 머리와 다리를 최대한 움츠리고 마룻바닥에 바싹 엎드려 있었지만 이 모든 것을 더 이상 견디기 힘들다는 사실을 인정할 수밖에 없었다.

두 여자는 그레고르의 방을 모조리 비우고, 그가 아끼는 모든 것을 앗아갔다. 조그만 톱을 비롯해 온갖 공구들이 들어 있는 서랍장도 벌써 밖으로 내갔고, 이제 마룻바닥에 꼭 박힌 책상을 움직이고 있었다. 상업대학 때는 물론이고 중학교 때, 심지어 그 이전으로 거슬러 올라가 초등학교 때도 그 책상에서 숙제를 하지 않았던가.

이제 그레고르는 어머니와 누이동생이 좋은 의도로 그런다는 것을 헤아릴 여유조차 없었다. 아니, 그들이 있다는 것조차 까맣게 잊고 있었다. 이미 지친 어머니와 누이동생은 아무 말도 하지 않고 그저 일만 했다. 그들의 무거운 발소리만 들릴 뿐이었다.

그레고르는 후다닥 밖으로 기어 나왔다. 어머니와 누이동생은 옆방에서 책상에 몸을 기대고 한숨 돌리고 있었다. 그레고르는 네 번이나 방향을 바꾸어 달렸다. 정말이지 이 방에서 무엇을 지켜내야 할지 자신도 모르고 있었던 것이다. 그때 마침 텅 빈 벽에 걸려 있는, 온몸에 모피를 두른 부인의 그림이 얼핏 눈에 들어왔다. 그는 재빨리 기어 올라가 액자 유리를 온몸으로 꽉 붙들었다. 유리에 몸이 찰싹 달라붙었을 때 후끈거리던 배에 닿는 감촉이 좋았다. 지금 온몸으로 가리고 있는 이 그림만은 그 누구도 빼앗아 가지 못할 것이다. 그는 어머니와 누이동생이 들어오는지 살펴보려고 거실로 통하는 문 쪽을 쳐다보았다.

두 사람은 얼마 쉬지도 않고 곧 다시 돌아왔다. 그레테는 한쪽 팔로 어머니의 허리를 감싸고 거의 들다시피 걸어왔다.

"이제 어떤 걸 들어낼까요?"

누이동생이 사방을 둘러보며 말했다. 그때 그녀의 눈이 액자 유리에 붙어 있던 그레고르의 눈과 마주쳤다. 누이동생은 옆에 서 있는 어머니 때문에 애써 아무렇지 않은 척 굴었다. 그리고 어머니가 주위를 돌아보지 못하도록 얼굴을 어머니 가까이 기울이고 떨리는 목소리로 말했다.

"어머니, 잠깐 거실로 가요."

누이동생이 무슨 생각으로 그런 말을 했는지 그레고르는 알 수 있었다. 어머니를 안전한 곳으로 데려다 놓고 나서 그를 벽에서 떨어뜨리려는 것이었다. 자, 할 테면 해봐! 그는 그림에 찰싹 달라붙어서 절대 그것을 내주지 않겠다고 단단히 별렀다. 순순히 내주느니 차라리 그레테의 얼굴로 뛰어들리라.

그러나 그레테의 말에 어머니는 더욱 불안한 마음이 들었다. 옆으로 비켜서던 어머니는 꽃무늬 벽지 위의 큼직한 갈색 빛깔의 얼룩을 발견하고, 그것이 그레고르라는 것을 미처 깨닫기도 전에 "오, 하느님, 오 하느님!" 하고 소리쳤다. 그녀는 절망한 듯 두 팔을 벌리고 소파에 쓰러진 채로 꼼짝도 하지 않았다.

"이럴 거야, 오빠?"

누이동생은 그레고르를 향해 주먹을 치켜들고 날카롭게 쏘아보며 소리쳤다. 그것은 그가 변신한 뒤로 누이동생이 처음으로 그에게 직접 건넨 말이었다. 누이동생은 어머니가 정신을 차릴 만한 무슨 약이든 찾아보려고 옆방으로 뛰어갔다.

그레고르도 도와주고 싶었다. 그림을 지킬 시간은 아직 있었다. 그러나 유리에 너무 착 달라붙어 간신히 몸을 뗐다. 그는 예전처럼 자기가 누이동생한테 무슨 충고를 해줄 수 있기라도 한 듯 옆방으로 달려갔지만, 어찌할 도리 없이 누이동생의 등 뒤에 서 있을 수밖에 없었다. 병을 이것저것 뒤적거리다가 문득 뒤를 돌아보고 또다시 깜짝 놀란 누이동생은 병 하나를 마룻바닥에 떨어뜨렸다. 그레고르는 깨진 유리 조각에 맞아 얼굴에 상처를 입었다. 무슨 부식제 같은 약물이 그의 주위에 흘렀다.

그레테는 더 이상 지체하지 않고 되는 대로 병을 쥐고 어머니한테 뛰어가더니 발로 문을 쾅 닫아버렸다. 이제 그레고르의 잘

못으로 죽어가고 있을지도 모르는 어머니한테 가는 길이 가로막혔다. 문을 열어서는 안 된다. 어머니 곁에 있어야 하는 누이동생을 쫓아내고 싶지 않다면, 그저 기다리는 수밖에 다른 도리가 없었다.

그레고르는 자책감과 걱정스러운 마음에 가만히 있지 못하고, 벽이며 가구, 천장을 이리저리 기어 다녔다. 마침내 방 전체가 그의 주위를 빙빙 돌아가는 듯할 때, 절망감에 휩싸인 그는 커다란 책상 한가운데 툭 떨어졌다.

시간이 조금 흘렀다. 그레고르는 맥없이 엎드려 있었고, 사방은 조용하기만 했다. 아마도 좋은 징조인 것 같았다. 그때 초인종이 울렸다. 하녀는 문을 걸어 잠그고 부엌에 틀어박혀 있었으므로 그레테가 나가야 했다. 아버지가 돌아오신 것이다.

"무슨 일 있었니?"

아버지의 첫마디였다. 틀림없이 그레테의 표정에 다 드러나 있었던 모양이다.

"어머니가 기절하셨어요. 지금은 괜찮아요. 오빠가 불쑥 뛰어나왔거든요."

그레테는 아버지 가슴에 얼굴을 묻고 말하는 듯 흐리터분한 목소리로 대답했다.

"그럴 줄 알았다. 내 뭐랬니? 우리 집 여자들은 도통 내 말을 안 듣는단 말이야."

아버지는 짧게 이야기를 끝낸 누이동생의 설명을 듣고 그레고르가 무슨 난폭한 짓이라도 저질렀다고 생각하는 게 분명했다. 그레고르는 지금 당장 아버지를 진정시켜야 했다. 아버지에게 그렇지 않다는 것을 밝힐 시간도 없거니와 그럴 가능성도 없었기 때문이다.

그레고르는 자기 방문 쪽으로 얼른 달려가 문에 바싹 몸을 붙였다. 애써 몰아넣지 않아도 문만 열어주면 당장 사람들 앞에서 사라질 생각이었다. 그렇게 해서 그가 자기 방으로 순순히 돌아가려고 한다는 것을, 아버지가 거실로 들어서자마자 곧바로 알아주었으면 했다. 그러나 아버지는 그레고르의 세심한 생각을 헤아릴 기분이 아니었다. 그는 "앗!" 하고 외마디 소리를 질렀다. 화가 나기도 하고, 반갑기도 한 듯한 투였다.

그레고르는 고개를 돌려 아버지를 쳐다보았다. 그런데 아버지는 이제까지 그가 한 번도 상상해보지 못한 모습으로 서 있었다. 얼마 전부터 새롭게 기어 다니는 데 재미를 붙여 집안이 어떻게 돌아가는지 예전만큼 관심을 기울이지 못했으니, 사실 달라진 상황을 받아들일 준비를 하고 있어야 했다. 하지만 그렇다고 해도 지금 저 사람이 진정 아버지란 말인가. 그레고르가 출장을 떠날 때면 언제나 피곤에 지친 모습으로 침대에 누워 있던 아버지가 아닌가. 그리고 저녁때 집에 돌아오면 제대로 일어서지도 못하고 잠옷 바람으로 팔걸이의자에 앉아 반갑다는 표시로 겨우 양팔만 쳐들며 맞아주던 사람, 1년에 몇 번 일요일이나 축제일에 가족들과 함께 산책을 나갈 때면 낡은 외투에 폭 파묻힌 채 원래 걸음이 느린 그레고르와 어머니 사이에서 늘 조심조심 지팡이를 짚으며 그들보다 더 천천히 걸음을 옮기던 사람, 무슨 말을 하려고 할 때면 걸음을 멈추고 같이 가는 가족들을 가까이 불러 모으던 그 아버지가 바로 저 사람이란 말인가.

지금 아버지는 꼿꼿이 서 있었다. 마치 은행 사환들처럼 금색 단추가 달리고 빳빳하게 다린 파란색 제복을 입고 있었다. 빳빳이 세운 윗옷 깃 위로 살진 턱살이 불거져 나와 있었고, 짙은 눈썹 아래로 검은 두 눈동자가 생기 있고 경계하는 듯한 빛을 뿜으며 반짝이고 있었다. 평소에 마구 흐트러져 있던 하얀 머리칼은 불편해 보일 만큼 말끔하게 가르마를 타서 빗어 넘겼다. 착

달라붙은 머리칼은 반드르르 윤이 났다.

아버지는 은행의 마크인 듯한 누런 모표가 붙어 있는 모자를 벗어서 기다랗게 아치를 그리듯 소파 위에 던졌다. 그러고는 긴 윗옷 양쪽 끝자락을 뒤로 젖히고 두 손을 바지 주머니에 찔러넣더니 불쾌하다는 표정으로 그레고르를 향해 걸어왔다.

아버지는 지금 뭘 어떻게 해야겠다는 생각도 없는 듯했다. 보통 때보다 발을 더 높이 들어 성큼성큼 걸어왔고, 그레고르는 엄청나게 큰 아버지의 장화 밑창을 보고 온몸에 소름이 끼쳤다. 하지만 그는 아버지의 그런 태도에 크게 신경 쓰지 않았다. 새로운 생활이 시작된 첫날부터 그레고르는 아버지가 그를 최대한 엄격하게 다루는 것이 상책이라 여기고 있다는 것을 알고 있었다.

그레고르는 달아나다가 아버지가 걸음을 멈추면 따라 멈췄고, 아버지가 움직이면 그 또한 달렸다. 그들은 이렇다 할 소동 없이 벌써 방 안을 몇 바퀴나 돌았다. 두 사람의 동작이 너무 느려 잡으려고 쫓아가거나 도망가는 것처럼 보이지도 않았다. 그레고르는 벽이나 천장으로 도망칠 수도 있었지만, 그렇게 하면 못된 생각을 품고 있다는 인상을 줄까 봐 계속 마룻바닥만 기어 다녔다. 그러나 그는 이것조차 더 이상은 힘들다고 중얼거렸다. 아버지가 한 걸음 뗄 때마다 그는 다리를 수도 없이 움직여야 했다. 원래부터 폐가 안 좋은 편이라 벌써 숨이 가빴다.

그레고르는 어느새 눈도 제대로 못 뜰 만큼 온 힘을 다해 비틀거리며 달리고 있었다. 아무 생각도 나지 않아 달리는 것 말고 이 상황에서 벗어날 방법이 떠오르지 않았다. 세밀한 조각이나 뾰족뾰족한 장식이 많은 가구들이 가로막고 있기는 했지만 사방 벽을 마음대로 탈 수 있다는 것조차 까맣게 잊고 있었다.

그때였다. 무언가 그레고르 앞에 툭 떨어지더니 데굴데굴 굴러왔다. 사과였다. 곧이어 두 번째 사과가 날아왔다. 그레고르는 깜짝 놀라 그 자리에 멈춰 섰다. 더 이상 도망가 봐야 소용없다는 것을 알았던 것이다. 아버지는 사과 세례를 퍼붓기로 결심했는지, 찬장 위 과일 접시에 있던 사과를 주머니에 잔뜩 집어넣고, 처음에는 제대로 겨냥하지도 않고 무작정 던졌다. 조그맣고 빨간 사과들은 감전이라도 된 듯 마루 위를 마구 구르다가 서로 부딪치기도 했다. 살짝 던진 사과 하나가 그레고르의 등을 스쳤지만 다치지는 않았다. 그러나 뒤따라 날아온 사과가 그레고르의 등에 정통으로 박히고 말았다.

생각지도 못한 공격을 받은 그레고르는 그 자리를 벗어나면 등을 파고드는 엄청난 통증도 사라질 거라고 생각하는 듯 몸을 질질 끌며 기를 쓰고 앞으로 나아가려 했다. 그러나 못 박힌 것처럼 옴짝달싹도 하지 못했고, 온몸이 마비되어 그 자리에 쭉 뻗고 말았다. 그가 정신을 잃을 찰나에 마지막으로 본 것은, 자신의 방문이 홱 열리면서 비명을 지르는 누이동생 앞으로 뛰쳐나온 속옷 차림의 어머니였다.

곧장 아버지한테 달려가는 어머니의 치마가 하나둘 잇달아 흘러내렸다. 누이동생이 어머니가 실신했을 때 숨 쉬기 편하라고 끈을 풀어놓았던 것이다. 어머니는 바닥에 떨어지는 치마를 밟고 비틀거리며 아버지의 품으로 달려들어 한 몸처럼 꽉 껴안았다. 그때 이미 그레고르는 눈앞이 보이지 않았다. 어머니는 아버지의 뒷머리를 두 손으로 감싸고 그레고르를 살려달라고 애원했다.

3

사과는 눈에 띄는 기념물처럼 그레고르의 등에 또렷이 박혀 있었다. 어느 누구도 감히 그것을 빼내려 하지 않았던 것이다. 그레고르는 큰 상처로 한 달도 넘게 고생했다. 그 덕분에 아버지도 그레고르가 지금 아무리 비참하고 역겨운 모습을 하고 있더라도 한 식구인 이상 원수처럼 대해서는 안 된다는 것을 깨달은 듯했다. 가족이라면 혐오스럽더라도 마땅히 참고 또 참는 것 외에 별 도리가 없다는 것을 말이다.

그레고르는 그 상처 때문에 어쩌면 영영 제대로 못 움직일지도 모른다. 늙은 상이군인처럼 방을 가로질러 가는 데도 꽤 오래 걸렸고, 높은 곳으로 기어 올라가는 건 엄두도 내지 못했다. 그러나 그는 이처럼 상태가 악화되었는데도 나름대로 충분한 보상이 뒤따랐다고 생각하게 되었다. 저녁 무렵이면 으레 거실로 나가는 문이 열렸던 것이다. 이제 그레고르는 문이 열리기 한두 시간 전부터 뚫어지게 그쪽을 바라보았다. 거실에서는 자신이 보이지 않도록 어둠 속에 엎드려 밝은 불빛 아래 식탁에 둘러앉은 식구들의 모습을 보며 그들이 주고받는 이야기를 들을 수 있었던 것이다. 그 전과는 전혀 다르게, 이제는 온 가족의 허락을 받은 셈이었다.

작은 여관방에 들어가 피곤한 몸을 눅눅한 침대에 던질 때면 가족들과 유쾌하게 이야기를 나누고 싶은 마음이 간절했었다. 하지만 그런 활기찬 대화는 없었다. 가족들은 너무 조용했다. 아버지는 저녁 식사가 끝나자마자 안락의자에 앉아 잠이 들었고, 어머니와 누이동생은 서로 조용히 하라고 주의를 주곤 했다. 어머니는 등불에 바싹 몸을 굽히고 양장점에서 맡긴 화려한 속옷을 바느질했다. 어느 상점의 점원으로 취직한 누이동생은 혹시나 더 나은 직장을 얻을까 하여 저녁마다 속기와 프랑스어를 공부했다. 아버지는 가끔 눈을 뜨고는 이제까지 자신이 자고 있었다는 것도 모르는 듯 "당신 오늘도 무슨 바느질을 그렇게 오래 하는 거요?"라고 말했다. 그러고는 어머니와 누이동생이 피곤한 표정으로 서로를 보고 미소 짓는 사이 곧 다시 잠들었다.

아버지가 집에서도 제복을 벗지 않는 것은 일종의 아집이었다. 그의 잠옷은 공연히 옷걸이에 걸려 있었다. 아버지는 윗사람이 명령만 내리면 언제라도 달려 나갈 태세인 듯 제복을 완전히 갖춰 입고 의자에 앉아 졸았다.

애당초 새것은 아니었지만 그 때문에 어머니와 누이동생이 세심하게 신경을 쓰는데도 아버지의 제복은 말끔해 보이지 않왔다. 그리하여 그레고르는 여기저기 얼룩덜룩하지만 금색 단추만은 언제나 반짝반짝 빛나는 아버지의 제복을 저녁 내내 보고 있어야 했다. 그런 옷을 입고 여간 불편한 게 아닐 텐데도 늙은 아버지는 평온하게 잠을 잤다.

시계가 10시를 치면 어머니는 나직하게 타이르는 투로 아버지를 깨워 침대로 가라고 재촉했다. 소파에서는 어차피 제대로 잘 수도 없고, 새벽 6시부터 일을 나가야 하니 조금이라도 편하게 자야 한다는 것이었다. 그러나 사환이 되고 나서 고집만 더 세진 아버지는 늘 식탁 옆에 좀더 있다가 들어가겠다고 우겼다. 그리고 번번이 의자에 앉아 곯아떨어졌는데, 일단 그러고 나면 침대로 들여보내기가 여간 힘든 게 아니었다.

누이동생과 어머니가 이런저런 잔소리로 아버지를 깨워보았지만, 그는 15분 동안이나 고개만 천천히 저으며 일어나기는커녕 눈을 뜰 생각도 하지 않았다. 어머니는 아버지의 옷소매를 잡아당기며 귀엣말로 좋게 구슬렸고, 누이동생은 이런 어머니를 거들어주려고 하던 공부도 잠시 제쳐놓았지만, 아버지는 끄떡도 하지 않고, 더 깊숙이 의자에 몸을 파묻었다. 두 여자가 아버지의 겨드랑이에 팔을 끼우고 일으켜 세우려 할 때에야 비로소 아버지는 눈을 번쩍 뜨고 어머니와 누이동생을 번갈아 쳐다보면서 "이것이 인생이야? 이게 내 말년의 안식이야?"라고 말했다.

아버지는 자기 몸이 짐짝처럼 느껴지는 듯 귀찮아하면서 두 여자에게 의지해 겨우 일어났다. 아버지는 그들 손에 이끌려 문까지 와서야 이제 됐으니 그만 가라고 손짓하고 혼자 걸어갔다. 그러나 어머니는 바느질손을, 누이동생은 펜을 황급히 놓고 아버지를 거들러 쫓아갔다.

이렇듯 가족들은 하루 종일 일에 시달리고 저녁이면 피곤에 절어 녹초가 될 판국에 누가 필요 이상으로 그레고르를 돌봐줄 수 있겠는가? 살림은 나날이 쪼그라들었다. 하녀도 내보냈고, 대신 백발이 성성하고 뼈대가 굵은 데다 몸집이 큰 늙은 파출부가 아침저녁으로 와서 힘든 일만 해주고 갔다. 나머지 집안일은 어머니가 그 많은 바느질품을 팔면서 도맡아 했다. 어머니와 누이동생이 모임이나 축제 때 자랑스럽게 달고 다녔던, 집안 대대로 물려 내려온 장신구까지 파는 지경에 이르렀다. 저녁에 값을 얼마나 받아야 할지 의논하는 소리를 듣고 그레고르도 알게 되었다.

가장 큰 걱정거리는, 그레고르를 어떻게 옮겨야 할지 몰라, 지금으로서는 너무 큰 이 집에서 이사를 갈 수 없다는 것이었다. 그러나 그레고르는 이사를 못 가는 것이 자기 때문만은 아니라는 것을 알고 있었다. 자기야 적당한 상자에 공기구멍 몇 개만 내고 집어넣으면 쉽게 옮길 수 있지 않은가. 가족들이 당장 집을 옮기지 못하는 진짜 이유는 깊은 절망감, 다시 말해 친척이나 친지들 중 어느 누구도 경험하지 않은 불행이 자신들에게 닥쳤다는 생각 때문이었다.

가족들은 가난한 사람들이 하는 온갖 힘든 일을 하고 있었다. 아버지는 말단 직원한테까지 아침 식사를 날라 주었으며, 어머니는 낯선 사람들의 속옷을 꿰매느라 정신이 없었고, 누이동생은 손님의 요구대로 판매대 뒤에서 이리 뛰고 저리 뛰느라 여념이 없었다. 식구들에게는 더 이상의 여력이 남아 있지 않았다.

어머니와 누이동생이 아버지를 침대까지 데려다 놓고 다시 돌아와 일거리는 제쳐두고 볼과 볼이 맞닿을 정도로 가까이 마주 앉을 때면, 그리고 어머니가 "이제 저 문 좀 닫지, 그레테?"라고 말하고, 또다시 어둠 속에 혼자 갇힐 때면, 그레고르는 그제야 등에 팬 상처가 쑤시는 것을 느꼈다. 그때 거실에서 어머니와 누이동생은 마주 보고 눈물을 흘리거나 눈물조차 흘리지 않고 물끄러미 식탁만 쳐다보았다.

그레고르는 몇 날 며칠 밤을 도통 잠을 이루지 못했다. 때때로 그는 다음번에 문이 열리면 그전처럼 집안 살림을 자신이 도맡아 해야겠다고 생각했다. 오랜만에 그레고르의 머릿속에 사장과 지배인, 점원과 견습생, 말할 수 없이 우둔한 사환, 다른 상점에서 근무하는 친구 몇 명의 모습이 떠올랐다. 또 어느 시골 여관의 하녀, 한때의 그리운 추억, 진심으로 좋아했지만 한발 늦게 청혼했던 모자 가게 회계원도 떠올랐다. 이런 사람들이 낯선 사람들이나 벌써 잊혀진 사람들과 뒤섞여 생각났다. 그러나 이들은 가족을 도와주기는커녕 만날 수도 없는 사람들이었다.

그레고르는 그들을 머릿속에서 지워버리는 게 오히려 홀가분했다. 그러고 나면 가족을 돌봐주고 싶다는 생각은 싹 사라지고, 자신을 돌봐주지 않은 것에 대해 화가 치밀었다. 딱히 먹고 싶은 것도 없고 배도 전혀 고프지 않은데도, 식품 저장고에 들어가 먹고 싶은 것을 가져올 계획을 수도 없이 세워보기도 했다.

누이동생은 무슨 음식을 주면 그레고르가 잘 먹을지 더 이상 고민하지 않았다. 그녀는 아침과 점심에 아무거나 되는 대로 그의 방에 발로 쑥 밀어 넣고는 부리나케 상점으로 갔다. 그리고 저녁에 돌아와 그가 입을 댔는지, 자주 그렇듯 입도 안 댔는지는 눈여겨보지도 않고 그냥 빗자루로 한 번에 휙 쓸어가 버렸다.

저녁마다 하는 방 청소는 또 어쩜 그리 쉽고 빠를까? 벽에는 더러운 얼룩이 줄줄이 띠를 이뤘고, 먼지와 쓰레기가 온 방 안에 나뒹굴었다. 처음에 그레고르는 나무라는 뜻으로 누이동생이 들어올 때 눈에 띄게 더러운 곳에 있었다. 그러나 몇 주일씩 그곳에 있어 봤자 누이동생은 바뀌지 않을 것이다. 그녀는 그레고르와 마찬가지로 그 더러운 쓰레기를 보고서도 그냥 내버려 두기로 작정했으니 말이다.

그러면서도 그레고르의 방 청소에 관한 한 자기 권한이라고 여긴 누이동생은 누가 그것을 건드리기라도 할까 봐 전에 없이 신경을 곤두세웠다. 물론 식구들 모두 신경이 예민할 대로 예민해 있었다. 한번은 어머니가 물을 몇 양동이나 퍼부어 가면서 그레고르의 방을 대청소한 일이 있었다. 습기 때문에 괴로운 나머지 화가 난 그레고르는 소파 위에 퍼져 꼼짝도 하지 않았다. 어머니 또한 그 일로 곤욕을 치러야 했다.

그날 저녁 누이동생은 그레고르의 방이 달라진 것을 알아차리고 크게 언짢아하며 거실로 달려갔다. 그러고는 어머니가 손을 쳐들고 말리는데도 발작하듯 울부짖었다. 소파에 앉아 있던 아버지는 깜짝 놀라 벌떡 일어났다. 부모님은 처음에는 영문을 몰라 멍하니 바라보기만 하더니 이유를 듣고는 마음을 가다듬었다. 아버지는 오른편에 있는 어머니를 보고 그 방 청소를 왜 애한테 일임하지 않았느냐고 나무라는 한편, 왼편에 있는 누이동생한테는 이제 그 방 청소도 못 하게 한다고 화를 내며 야단쳤다.

어머니는 흥분한 나머지 제정신이 아닌 아버지의 팔을 끌고 겨우 침실로 데려갔다. 몸부림치며 흐느끼던 누이동생은 몸을 부들부들 떨더니 조그만 주먹으로 탁자를 쾅 내리쳤다. 이러한 소동과 소음을 그레고르가 보고 들을까 봐 걱정되어 그의 방문을 닫아야겠다고 생각하는 사람은 아무도 없었다. 그 사실에 화가 난 그레고르는 분을 삭이지 못하고 큰 소리로 식식거렸다. 설령 누이동생이 바깥일에 지쳐 그레고르를 예전처럼 돌봐주지 않는다고 해도 아직은 어머니가 대신 들어올 필요는 없었으며, 그렇다고 해서 그레고르가 소홀히 취급당할 이유도 없었다. 왜냐하면 파출부가 있었기 때문이다.

튼튼한 골격 덕분에 일생 동안 온갖 궂은일은 다 했을 것 같은 이 늙은 과부는 그레고르를 보고도 혐오스러운 기색을 내비치지 않았다. 호기심이 일어서 그런 게 아니라 우연히 그녀가 그레고르의 방문을 연 적이 한 번 있었다. 화들짝 놀란 그레고르는 누가 쫓아오지도 않았는데 몹시 당황하여 방 안을 무작정 내달렸다. 그러나 할멈은 양손을 포개 아랫배에 대고 선 채로 가만히 그를 지켜보는 것이었다.

그때부터 파출부 할멈은 매일 아침저녁으로 잠깐씩 문을 열고 그레고르를 들여다보았다. 처음에는 "이리 오너라, 늙은 쇠똥구리야."라거나, "이 늙은 쇠똥구리 좀 보게."라고 자기 딴에는 다정하게 부르기도 했다. 하지만 그레고르는 아무 대꾸도 하지 않고, 애당초 문이 열리지도 않은 것처럼 꼼짝도 하지 않았다. 제멋대로 쓸데없이 자기를 방해하지나 말고 매일 방 청소나 하라고 명령하고 싶었다.

한번은 다가올 봄날을 알리는 듯 세찬 비가 스산하게 창문을 두드리는 어느 이른 아침이었다. 할멈이 또다시 주저리주저리 말을 걸어오자, 화가 치민 그레고르는 힘없이 천천히 몸을 돌리기는 했지만 덤벼들듯이 그녀와 마주 섰다. 그러나 그녀는 무서

위하기는커녕 문 옆에 놓인 의자를 높이 쳐들고 입을 딱 벌린 채 그대로 서 있었다. 의자로 그레고르의 등을 내리치고서야 입을 다물겠다는 품이었다. 그레고르가 다시 몸을 돌리자 할멈은 "더는 안 되겠지?"라며 의자를 가만히 구석에 내려놓았다.

이 무렵 그레고르는 거의 아무것도 입에 대지 않았다. 가져다 놓은 음식 옆을 우연히 지나치게 되면 장난삼아 한입 베어 무는 정도였다. 그것도 몇 시간이나 물고 있다가 그대로 뱉어버리기 일쑤였다. 처음에는 자기 방의 환경이 바뀌어서 우울한 나머지 입맛까지 떨어졌다고 생각했지만, 어느새 그 방에 적응하게 되었다. 식구들이 다른 방에 둘 수 없는 물건들을 이 방에 가져다 놓곤 하더니 그런 물건들이 제법 많이 쌓였다. 방 하나를 비워 하숙하는 사람 셋을 들였던 것이다.

그레고르가 문틈으로 내다보니 셋 모두 텁석나룻이 많았다. 이 점잖은 신사들은 여기 세 들어 살게 된 이상 자기 방뿐 아니라 집 안 구석구석 지저분한 꼴을 못 봤다. 특히 부엌이 청결해야 한다며 참견을 했다. 쓸데없는 잡동사니나 자질구레한 물건들이 널려 있는 것도 못 견뎠다. 게다가 그들이 자기 세간을 직접 가지고 오는 바람에 집 안에 물건이 넘쳐났다. 그리하여 내다 팔 수도 없고 그렇다고 버리기도 아까운 물건들은 몽땅 그레고르 방으로 옮겨졌다. 부엌에서 쓰는 재 담는 통과 쓰레기통까지 들어왔다.

늘 바빠 서둘러대는 파출부 할멈은 당장 필요 없는 것들은 눈에 띄는 대로 그레고르 방에 집어넣었다. 그나마 그레고르한테 다행스러운 것은 그때마다 물건과 손만 보였다는 것이었다. 할멈은 적당한 때가 되면 그런 물건들을 다시 가져가거나 기회 있을 때 한꺼번에 내다 버릴 생각인 듯했다. 그러나 그레고르가 물건들 사이를 헤집고 들어가 옮겨놓지 않았다면 처음 던져놓은 그 자리에 그대로 있었을 것이다.

처음에 그레고르는 돌아다닐 공간조차 없어서 어쩔 수 없이 물건들을 옆으로 치워놓곤 하다가 어느새 점점 재미를 붙였다. 그렇게 돌아다니고 나면 당장 죽을 것처럼 피로가 온몸을 덮쳤고, 서글픈 마음까지 더해 몇 시간 동안이나 꼼짝도 못하고 엎드려 있는데도 말이다.

가끔 식구들이 공동으로 사용하는 거실에서 하숙인들이 저녁 식사를 하곤 하는데, 그때는 거실로 통하는 그레고르의 방문이 저녁 내내 닫혀 있었다. 그러나 그레고르는 문이 열리기를 바라지도 않았고, 문이 열렸을 때도 예전처럼 굴지 않았다. 식구들 눈에 띄지 않게 가장 컴컴한 구석에 엎드려 있을 뿐이었다.

그런데 한번은 파출부 할멈이 그레고르의 방문을 조금 열어 놓았는데, 저녁에 하숙인들이 들어와 불을 켤 때까지도 닫지 않았다. 그들은 전에 아버지와 어머니, 그리고 그레고르가 앉았던 윗자리에 앉더니 냅킨을 펴고 나이프와 포크를 집어 들었다. 잠시 후 어머니가 고기 접시를 들고 나타났고, 그 뒤에 누이동생이 감자가 수북이 쌓인 접시를 들고 들어왔다. 김이 모락모락 나는 음식들이었다.

하숙인들은 먹기 전에 검사라도 하듯이 앞에 놓인 접시 위로 몸을 숙였다. 그들 중 연장자로 보이는 가운데 앉은 남자가 고기 한 점을 자기 접시에 옮겨 담기 전에 칼로 먼저 썰어보았다. 연하게 구워지지 않았으면 부엌으로 돌려보내려고 여러 사람들 앞에서 확인하는 것이었다. 그러나 마음에 든 모양이었다. 긴장한 표정으로 그것을 지켜보던 어머니와 누이동생은 그제야 안도의 한숨을 내쉬며 미소 지었다.

가족들은 부엌에서 식사를 했다. 그러나 아버지는 부엌으로 가기 전에 거실에 들러 모자를 손에 들고 인사를 하면서 식탁을 휘둘러보았다. 하숙인들도 모두 일어서서 수염이 덥수룩한 얼굴로 뭐라고 중얼거렸다. 아버지가 나가고 하숙인들만 남게 되면 그들은 거의 아무 말도 하지 않고 식사만 했다. 그런데 이상하게도 그레고르의 귀에는 그들이 식사를 하면서 내는 온갖 소리 가운데 음식 씹는 소리가 유난히 또렷하게 들렸다. 마치 사람이란 뭔가를 먹으려면 모름지기 이가 있어야 하고, 아무리 멋진 턱이 있어도 이가 없으면 아무 소용 없다고 강조하는 듯했다.

"나도 먹고 싶은데. 하지만 저런 음식은 싫어. 저들처럼 먹다가는 나는 죽고 말겠지."

그레고르는 걱정스럽게 중얼거렸다.

바로 이날 저녁이었다. 변신한 뒤로는 들어본 기억이 없는 바이올린 소리가 부엌 쪽에서 들려왔다. 하숙인들은 어느덧 식사를 끝냈다. 연장자가 신문을 꺼내 다른 두 남자에게 한 장씩 나누어 주자, 그들은 의자에 몸을 기대고 신문을 읽으면서 담배를 피웠다. 바이올린 소리가 들려오자 그들은 일제히 귀를 기울였다. 그러고는 모두 일어나 발끝으로 가만가만 걸어가서 부엌문 앞에 바싹 붙어 섰다. 부엌에서도 그들이 다가오는 소리를 들은 모양인지, 아버지가 소리쳤다.

"바이올린 소리가 신경 쓰이세요? 그럼 곧 그만두게 하지요."

그러자 연장자가 말했다.

"천만에요. 그럴 리가 있겠습니까? 괜찮으시다면 따님께서 이쪽으로 와서 연주해주시지 않겠습니까? 여기가 한결 편하고 아늑할 텐데요……."

"괜찮고말고요."

아버지는 마치 자기가 바이올린을 연주하는 것처럼 말했다. 하숙인들은 거실로 돌아와서 기다렸다. 오래지 않아 아버지가 스탠드를 들고, 어머니는 악보, 누이동생은 바이올린을 들고 들어왔다. 누이동생은 침착하게 연주할 준비를 했다.

지금까지 살아오는 동안 한 번도 하숙을 친 적이 없는 부모님은 하숙인들에게 필요 이상으로 예의를 갖춘 나머지 자기네 소파에 앉으려고도 하지 않았다. 아버지는 제복 단추를 모두 채우고 단추와 단추 사이에 오른손을 찔러 넣은 채 문에 기대섰다. 그리고 어머니는 하숙인 하나가 별 생각 없이 한쪽 구석 자리에 갖다 놓은 의자를 권하자 자리를 옮기지도 못하고 거기 그대로 앉았다.

누이동생이 바이올린을 켜기 시작했다. 아버지와 어머니는 각자 자리에서 딸의 손동작을 주의 깊게 바라보았다. 그레고르는 바이올린 소리에 정신을 빼앗겨 대담하게도 점점 거실 문 쪽으로 다가가더니 어느새 머리를 문밖으로 내밀었다.

그레고르는 요즘 들어 자신이 남 생각을 전혀 하지 않는다는 것을 느끼면서도 크게 신경 쓰지 않았다. 전에는 다른 사람들을 배려하고 또 그런 점을 자랑스럽게 여기던 그였다. 그리고 지금 이 순간이야말로 몸을 숨기고 있어야 한다. 그가 조금만 움직여도 방 안 여기저기 쌓인 먼지가 풀풀 일어나는 터에 그의 몸뚱이는 온통 먼지투성이인 데다 실밥, 머리카락, 음식 찌꺼기 같은 너절한 것들을 등과 옆구리에 줄줄 달고 다녔기 때문이다. 전에는 하루에도 몇 번씩 몸을 뒤집고 누워 카펫에 등을 문질러 댔지만, 요즘은 모든 일에 심드렁해져 그럴 의욕조차 없었다.

그레고르는 그런 몸으로 한 치의 망설임도 없이 먼지 하나 없는 거실 바닥으로 조금 기어 나왔다. 게다가 그를 본 사람도 없었다. 가족들은 바이올린 연주에 정신이 팔려 있었다. 하숙인들은 처음에는 바지 주머니에 두 손을 찔러 넣고 누이동생의 스탠드 바로 뒤에 자리 잡고 섰다. 악보를 들여다볼 수 있을 만큼 가까이 붙어 서 있었기 때문에 분명 누이동생한테는 방해가 되었을 것이다. 그러나 곧 그들은 머리를 숙이고 나직하게 두런거리더니 창 쪽으로 물러나 계속 거기 머물렀다.

아버지는 걱정스러운 눈으로 하숙인들을 바라보았다. 그들은 아름다운 바이올린 연주를 즐길 수 있으리라 기대했다가 실망한 모양인지 연주 자체를 지겨워하는 기색이 역력했다. 예의상 할 수 없이 듣고 있었던 것이다. 셋 다 코와 입으로 허공에다 담배 연기를 내뿜는 모습으로 보아 무척 짜증스러워하는 것이 분명했다. 그러나 누이동생은 정말 아름답게 연주를 계속했다. 고개를 옆으로 살짝 기울이고 음악에 젖어 슬픈 눈빛으로 악보를 훑어 내려갔다.

그레고르는 조금 더 앞으로 기어갔다. 가능한 한 누이동생과 눈을 맞추려고 머리를 마룻바닥에 바짝 붙였다. 이렇게 음악에 감동을 느끼는 그가 정말 짐승이란 말인가. 그는 그토록 갈망하던 미지(未知)의 양식(糧食)을 얻는 길이 여기 있는 듯했다. 그레고르는 누이동생한테 가까이 다가가서 그녀의 치맛자락을 끌어당겨 바이올린을 들고 자기 방으로 와달라고 넌지시 알릴 참이었다. 이 방에 있는 사람 중에 자기만큼 누이동생의 연주를 알아줄 사람은 없었으니 말이다. 그는 그녀가 들어오면 목숨이 붙어 있는 한 자기 방에서 내보내지 않으리라 마음먹었다. 흉악한 자신의 모습이 처음으로 쓸모가 있을 것이다. 자기 방의 문이란 문은 모조리 지키고 있다가 들어오는 족족 덤벼들 것이다.

그러나 누이동생을 억지고 붙들고 있을 수는 없다. 그 애 스스로 자기 곁에 머물러야 한다. 그 애가 자기의 말에 귀를 기울일 수 있도록 나란히 소파에 앉을 것이다. 그리고 무슨 일이 있어도 누이동생을 음악학교에 보내겠다고 다짐했었다고 말할 것이다. 이런 불행한 사건만 일어나지 않았다면 지난 크리스마스에—크리스마스는 벌써 지나가 버렸겠지?—모두 반대하더라도 자기의 계획을 사람들한테 말했을 거라고 이야기할 것이다.

그런 마음을 털어놓으면 누이동생은 분명 감격의 눈물을 흘릴 것이다. 그러면 그 애 어깨까지 몸을 일으켜 그 애의 목에 키스할 것이다. 상점에 일하러 나가면서부터는 리본이나 옷깃도 없이 드러내고 다니는 그 목에 말이다. 그때였다.

"잠자 씨!"

가운데 있던 남자가 갑자기 큰 소리로 아버지를 불렀다. 그러고는 더 이상 말을 잇지 못하고 집게손가락을 들어 천천히 앞으로 기어 나오는 그레고르를 가리켰다. 바이올린 소리도 뚝 그쳤다. 남자는 고개를 저으면서 자기 친구들을 보고 미소 짓더니 다시 그레고르한테 눈길을 돌렸다.

아버지는 그레고르를 몰아넣는 것보다 하숙인들을 진정시키는 게 급선무라고 생각한 모양이었다. 그러나 하숙인들은 놀라기는커녕 도리어 바이올린 연주보다 그레고르한테 더 흥미가 있는 듯했다. 아버지는 그들 앞으로 뛰어가 그레고르가 보이지 않도록 몸으로 막아서면서 두 팔을 벌리고 하숙인들을 그들의 방으로 들여보내려고 애썼다.

그때 하숙인들은 조금 화를 내는 눈치였다. 하지만 그것이 아버지의 태도 때문인지, 아니면 그레고르와 같은 것이 옆방에 살고 있다는 것을 지금까지 모르고 있었다는 사실 때문인지 알 수 없었다. 그들은 아버지에게 해명해달라고 요구하고는, 팔을 들어 불안한 표정으로 어물어물 수염을 잡아당기면서 천천히 자신들의 방으로 물러갔다.

그사이 누이동생은 연주를 멈추고 잠시 멍하니 서 있었다. 바이올린과 활을 쥔 두 손을 축 늘어뜨리고 계속 연주를 하려는 듯 한동안 악보를 들여다보던 그녀는 돌연 정신을 차리더니 숨을 쉬기 힘든 듯 헐떡거렸다. 그러고는 그때까지도 가만히 의자에 앉아 있던 어머니의 무릎 위에 바이올린을 내려놓고 옆방으로 뛰어갔다.

하숙인들은 아버지한테 밀려 좀더 빨리 방으로 다가가고 있었다. 누이동생은 익숙한 손길로 이불과 베개를 획획 던져 순식간에 침대를 정돈했다. 그녀는 하숙인들이 방으로 들어오기 전에 벌써 잠자리를 정리하고 살짝 빠져나왔다. 아버지는 하숙인들을 친절하게 대해야 한다는 것조차 잊어버리고 또다시 자기 고집에 사로잡혀 계속 그들을 방으로 밀어대고 있었다. 그러다 방문에 이르러 연장자가 발을 구르자 아버지가 걸음을 뚝 멈췄다.

"여기서 선언하겠소."

남자는 한 손을 들고 눈으로 어머니와 누이동생을 찾았다.

"이 집과 가족들은 너무너무 불쾌한 바⋯⋯."

남자는 결정한 듯 바닥에 침을 탁 뱉고 말을 이었다.

"지금 당장 방을 비우겠소. 물론 지금까지의 하숙비는 한 푼도 줄 수 없소. 아니, 오히려 손해배상을 청구할지 말지를 생각해봐야겠소. 이유는 충분하니까. 그냥 하는 말이 아니오."

남자는 입을 다물고 마치 무언가를 기대하는 듯 앞을 똑바로 쳐다보았다. 그러자 그의 두 친구가 얼른 나서서 말했다.

"우리도 당장 나가겠소."

그 말이 떨어지기가 무섭게 남자는 문손잡이를 잡고 문을 쾅 닫았다.

아버지는 두 손을 더듬으며 비틀비틀 걸어가 안락의자에 풀썩 쓰러졌다. 여느 때처럼 손발을 축 늘어뜨리고 있는 것이 초저녁잠을 자는 듯 보였으나, 머리를 제대로 가누지도 못하고 불안스럽게 끄덕이는 것으로 보아 잠을 자고 있는 게 아니었다.

그레고르는 하숙인들에게 들킨 순간부터 계속 그 자리에 가만히 있었다. 계획이 수포로 돌아가 실망한 데다 오랫동안 굶은 탓에 약해질 대로 약해진 몸을 도저히 가눌 수가 없었다. 그는 머지않아 식구들의 감정이 한꺼번에 폭발하여 자신에게 쏟아질 거라는 사실을 확신하고 두려운 마음으로 기다리고 있었다. 그때 어머니의 손이 떨리면서 무릎에 놓인 바이올린이 스르르 미끄러져 쾅 하고 바닥에 떨어졌는데도, 그레고르는 조금도 놀라지 않았다.

"어머니, 아버지!"

누이동생은 말을 꺼내기 전에 먼저 손으로 식탁을 내리쳤다.

"더는 이렇게 못 살겠어요. 어머니와 아버지는 어떠실지 모르지만 저는 알고 있었어요. 이제 저런 괴물한테 오빠라고 부르지 않겠어요. 그러니까 제 말은, 우리가 저것한테서 벗어나야 한다는 거예요. 우리는 사람으로서 해야 할 도리는 다하면서 저것을 참고 돌봤어요. 그러니 아무도 우리를 비난하지는 못할 거예요."

"저 애 말이 백번 옳아."

아버지가 혼잣말로 중얼거렸다. 아직도 호흡을 완전히 가다듬지 못한 어머니는 초점 잃은 눈빛으로 손을 입에 갖다 대고 소리 죽여 계속 기침을 했다.

누이동생은 어머니 곁으로 달려가 이마를 짚어보았다. 아버지는 누이동생의 말을 듣고 결심을 굳힌 듯 똑바로 앉아서 하숙인들이 저녁 식사를 한 뒤 아직 치우지 않은 접시 사이로 사환 모자를 굴리며 이따금씩 꼼짝도 하지 않고 가만히 있는 그레고르를 내려다보았다.

"저것한테서 벗어나야 해요."

누이동생은 기침을 하느라 아무 말도 듣지 못하는 어머니는 제쳐두고 아버지한테 말했다.

"저것이 분명 어머니와 아버지를 돌아가시게 만들 거예요. 틀림없어요. 온 식구들이 하루 종일 힘들게 일해야 겨우 먹고사는 형편인데, 집에서조차 쉬지도 못하고 시달려야 하다니, 이제 더 이상 참을 수가 없어요."

이렇게 말하고 누이동생은 격렬하게 울부짖었다. 어머니는 딸의 눈물이 자신의 얼굴로 흘러내리자 기계적으로 그것을 훔쳤다.

"애야, 그럼 우리는 어떻게 하면 좋겠니?"

아버지는 다 이해한다는 듯 동정하는 눈빛으로 말했다.

누이동생은 구체적인 생각이 있는 건 아니라는 듯 어깨만 으쓱할 뿐이었다. 울다 보니 조금 전 단호했던 마음이 어느새 사라지고 도리어 어찌할 바를 몰랐던 것이다.

"우리가 하는 말을 저 애가 알아듣는다면……."

아버지는 반쯤 물어보는 투로 말했다. 누이동생은 울다 말고 그런 일은 아예 생각조차 하지 말라는 듯이 한 손을 마구 내저었다.

"저 애가 우리의 말을 알아듣는다면……."

아버지는 같은 말을 되풀이했다. 그러나 있을 수 없는 일이라고 확신하는 누이동생의 말을 믿는 듯 지그시 눈을 감았다.

"그렇기라도 하면 저 애와 의논할 수도 있을 텐데……. 그런데 저 모양으로는……."

"내쫓아야 해요."

누이동생이 소리쳤다.

"그럴 수밖에 없어요, 아버지. 저것이 오빠라는 생각을 버려야 해요. 우리가 이제까지 너무 오랫동안 그렇게 믿어온 것이 불행이었어요. 저것이 어떻게 오빠일 수가 있죠? 저것이 정말 오빠라면 사람이 저런 짐승하고 같이 살 수 없다는 것쯤은 벌써 깨닫고 자기 스스로 나갔을 거예요. 그랬더라면 오빠는 사라졌을망정 우리는 언제까지나 존경하는 마음으로 오빠를 기억하면서 살아갈 거예요. 그런데 저것은 우리를 못살게 굴고 하숙인들까지 쫓아내잖아요. 아마 나중에는 저것이 이 집을 몽땅 차지하고, 우리는 길바닥에서 밤을 지새우게 될 거예요. 저것 좀 보세요, 아버지."

누이동생이 갑자기 소리를 질렀다.

"또 시작이야."

그레고르는 누이동생이 왜 이토록 자신을 무서워하는지 이유를 알 수 없었다. 그녀는 그레고르 가까이 있느니 차라리 어머니를 저버리기로 한 모양인지, 어머니 곁에서 벌떡 일어나 얼른 아버지 뒤로 달아났다. 덩달아 흥분한 아버지도 자리에서 일어나 누이동생을 보호하려는 듯 두 팔을 반쯤 쳐들었다.

그러나 그레고르는 누이동생은 물론 어느 누구한테도 겁줄 생각이 없었다. 그는 다만 자기 방으로 들어가려고 몸을 돌렸던 것이다. 그런데 허약한 몸으로는 얌전히 돌아설 수가 없었다. 너무 힘이 들다 보니 머리를 여러 번 쳐들었다가 바닥에 내리칠 수밖에 없었고, 그 기묘한 동작이 이상하게 비친 모양이었다. 그는 동작을 멈추고 주위를 둘러보았다.

갑작스런 그레고르의 행동에 순간적으로 놀라기는 했으나 가족들은 곧 그가 나쁜 뜻으로 그런 게 아니라는 것을 알아차린 듯했다. 그들은 이제 슬픈 표정으로 묵묵히 그를 바라보았다. 어머니는 두 다리를 모아 쭉 뻗고 안락의자에 누워 있었다. 피곤한지 눈꺼풀이 거의 감기다시피 했다. 누이동생은 한 팔로 아버지의 목을 감고 나란히 앉아 있었다.

'이제 몸을 돌려도 되겠지.'라고 생각한 그레고르는 다시 움직였다. 힘에 부쳐 연신 숨을 몰아쉬었고 이따금 쉬었다가 다시 움직였다. 아무도 그를 내몰지 않았고, 단지 그가 하는 대로 내버려두었다. 그는 몸을 다 돌리자 곧장 자기 방으로 기어갔다.

그레고르는 자기 방이 너무 멀다는 것을 깨닫고 깜짝 놀랐다. 쇠약한 몸으로 어떻게 이만큼이나 기어 나왔는지 신기할 뿐이었다.

오로지 빨리 기어가야 한다는 생각밖에 없었던 그레고르는 가족들이 조금도 방해하지 않고, 소리치기는커녕 말 한 마디 없다는 것도 전혀 몰랐다. 가까스로 문 앞에 이르렀을 때 비로소 그는 굳은 듯 뻣뻣한 목을 조금 돌려 뒤를 돌아보았다. 누이동생이 자리에서 일어난 것 말고는 달라진 것이 전혀 없었다. 마지막으로 고개를 돌리면서 그는 아예 잠이 든 어머니를 스치듯 힐끗 보았다.

그레고르가 방에 들어서자마자 뒤에서 문이 쾅 닫히더니 빗장이 잠겼다. 갑작스러운 소리에 깜짝 놀란 그레고르는 다리가 휘청거렸다. 후다닥 문을 닫은 사람은 누이동생이었다. 그녀는 일어서서 기다리고 있다가 번개같이 달려왔던 것이다. 그레고르는 그녀가 다가오는 소리도 듣지 못했다.

"드디어!"

누이동생은 마지막으로 열쇠를 돌리면서 부모님한테 소리쳤다.

'이제부터 어떻게 할 작정이지?'

그레고르는 스스로에게 물어보며 어둠 속을 둘러보았다. 그는 곧 자신이 더 이상 움직일 수 없다는 것을 깨달았다. 하지만 별로 놀라지 않았다. 이렇듯 가느다란 다리로 지금까지 걸어 다녔다는 것이 오히려 이상한 일이었다. 한편으로는 몸이 개운하기도 했다. 온몸이 쑤시고 아프기는 했지만, 점점 통증이 가라앉을 것이고, 그러다 보면 완전히 나을 것만 같았다. 등에 박힌 사과도 어느새 썩고, 그 둘레에 난 염증 부위에 먼지가 솜털처럼 쌓여 있었지만 아무런 감각도 느껴지지 않았다.

그레고르는 연민과 사랑하는 마음으로 가족들을 생각해보았다. 자신이 사라져야 한다는 생각은 누이동생보다 그에게 훨씬 더 절실했다.

시계탑의 시계가 새벽 3시를 알릴 때까지 그레고르는 이처럼 공허한 마음으로 고요히 생각에 잠겼다. 창밖이 밝아오는 것을 느끼기도 했다. 그때 자신도 모르게 그의 머리가 푹 수그러졌다. 그의 콧구멍에서는 마지막 숨이 가늘게 새어 나왔다.

아침 일찍 온 파출부 할멈은 여느 때처럼 잠깐 그레고르의 방을 들여다보았다. 하지만 이상한 점을 알아차리지 못했다. 제발 그러지 말라고 누누이 부탁했는데도, 힘이 넘치는 데다 성미가 급한 할멈은 집 안의 문이란 문은 모조리 쾅쾅 닫고 다니는 통에 그녀만 오면 온 식구들이 제대로 잠을 잘 수가 없었다.

할멈은 그레고르가 기분이 안 좋은 척 일부러 꼼짝도 하지 않는 거라고 생각했다. 그녀는 그가 뭐든지 다 이해한다고 믿는 모양이었다. 그녀는 문가에 서서 때마침 손에 들고 있던 기다란 빗자루로 그를 간질여보았다. 그러나 아무런 반응이 없자 분한 마음이 든 할멈은 이번에는 살짝 찔러보았다. 그가 아무런 저항도 하지 않고, 그대로 밀려 나가자 할멈은 그제야 놀란 눈으로 유심히 살펴보았다.

무슨 일이 일어났는지 곧 알게 된 할멈은 눈을 휘둥그렇게 뜨고 휘파람을 휘 불었다. 할멈은 지체 없이 잠자 씨 부부의 침실 문을 열어젖히고 어두운 방에다 대고 큰 소리로 외쳤다.

"좀 와보세요. 저것이 죽었어요. 저기 완전히 죽어 나자빠졌다니까요!"

침대에서 벌떡 일어난 잠자 씨 부부는 할멈의 말을 알아듣기도 전에 우선 놀란 가슴부터 쓸어내리고 각자 침대 양쪽으로 후다닥 내려왔다. 그러고는 잠자 씨는 어깨에 이불을 걸친 채로,

잠자 부인은 잠옷 바람으로 그레고르의 방으로 달려갔다. 그사이 하숙인들이 들어온 뒤부터 그레테가 잠을 자는 거실 문도 열렸다.

그레테는 아예 잠을 안 잔 사람처럼 옷을 완전히 갖춰 입고 있었다. 얼굴이 창백한 것으로 보아 한숨도 자지 않은 것이 분명했다.

"죽었다니……?"

잠자 부인은 믿을 수 없다는 듯 할멈을 쳐다보고 물었다. 자신이 직접 확인해볼 수도 있고, 또 굳이 그러지 않아도 알 수 있는 일이었는데도 말이다.

"제가 보기에는 그런 것 같아요."

할멈은 증명해 보이려는 듯 빗자루를 가지고 그레고르의 시체를 옆으로 멀찍이 밀어보았다. 잠자 부인은 그러지 못하도록 빗자루를 가로막을 듯하다가 멈칫했다.

"이제 우리는 하느님께 감사드려야겠다."

잠자 씨가 그렇게 말하고 성호를 긋자 세 여자도 따라 했다. 그때까지 계속 시체만 바라보던 그레테가 입을 열었다.

"저것 보세요. 어쩜 저렇게도 말랐을까요. 벌써 오래전부터 아무엇도 안 먹었어요. 먹을 것을 들여놔도 그대로 나오곤 했죠."

그레고르의 몸은 정말 너무 말라서 뱃가죽이 등에 달라붙을 만큼 납작했다. 사람들은 그가 더 이상 다리로 몸을 지탱하고 있지도 않고, 달리 눈길을 피할 만한 것도 없는 지금에야 비로소 그 사실을 알게 되었다.

"그레테, 이리 좀 오너라."

잠자 부인은 괴로운 표정으로 씁쓸한 미소를 지으며 말했다. 그레테는 시체를 돌아보며 부모님을 따라 침실로 들어갔다. 할멈은 문을 닫고 창문을 활짝 열어젖혔다. 아직 이른 아침인데도 신선한 공기에 훈훈한 기운이 감돌았다. 어느새 3월 말이었던 것이다.

방에서 나온 세 남자는 어리둥절한 표정으로 아침 식사를 찾아 집 안을 이리저리 휘둘러보았다. 그러나 식구들은 하숙인 같은 건 신경도 쓰지 않았다.

"아침 식사는 어디 있습니까?"

연장자인 남자가 볼멘소리로 할멈에게 물었다. 할멈은 말없이 손가락을 입에 갖다 대고 그레고르의 방으로 와보라고 손짓했다. 그들은 어느새 환하게 밝은 방 안에서 조금 낡은 윗옷 주머니에 두 손을 찔러 넣은 채 그레고르의 시체를 에워쌌다.

그때 침실 문이 열리더니 제복을 입은 잠자 씨가 한쪽 팔은 부인에게, 또 한쪽 팔은 딸에게 내주고 방을 나왔다. 세 사람의 얼굴이 눈물로 젖어 있었다. 그레테는 간간이 아버지의 팔에 얼굴을 묻었다.

"이 집에서 당장 나가주시오!"

잠자 씨는 두 여자가 붙든 채로 손을 들어 현관을 가리키며 말했다.

"무슨 말씀이신지요?"

연장자가 조금 놀란 표정으로 말하더니 이내 달래는 듯한 미소를 지었다. 나머지 두 사람은 뒷짐 지고 지켜 서서 손만 연신 비벼댔다. 마치 자기들한테 유리한 말다툼이 벌어지기를 기꺼운 마음으로 기다리는 것 같았다.

"방금 말한 대로요."

잠자 씨는 툭 내뱉고는 두 여자를 양쪽에 낀 채 나란히 남자 앞으로 걸어갔다. 남자는 꼼짝도 하지 않고 그 자리에 서서 마치 머릿속으로 여러 가지 일들을 정리하는 듯 잠시 바닥을 내려다보았다.

"정 그러시다면 나가야죠."

남자는 마치 이 같은 결심조차 승인을 받으려는 듯 별안간 겸손하게 잠자 씨를 바라보았다. 잠자 씨는 눈을 부릅뜬 채로 고개를 몇 번 까닥였다. 그러자 남자는 곧장 현관으로 뚜벅뚜벅 걸어갔다. 어느새 손 비비던 것을 멈추고 귀를 기울이던 두 친구도 그의 뒤를 따라 깡충거리다시피 뛰어갔다. 마치 잠자 씨가 자기들보다 먼저 현관으로 나가 연장자를 따라가는 그들을 가로막을까 봐 겁내는 듯이.

세 사람은 현관 옷걸이에 걸린 모자와 통에 꽂아놓은 지팡이를 집어 들고 말없이 고개 숙여 인사만 하고 집을 떠났다. 잠자 씨는 왠지 믿을 수가 없어 두 여자를 데리고 현관 밖으로 나가 난간에 기대서서 가만히 지켜보았다. 하지만 그의 의심은 한낱 기우에 지나지 않았다. 세 남자는 긴 계단을 천천히 멈추지 않고 계속 내려갔다. 잠자 씨와 두 여자는 각 층의 계단을 돌아갈 때마다 잠깐씩 사라졌다가 다시 나타나는 그들의 모습을 계속 내려다보았다. 세 사람이 점점 밑으로 내려갈수록 잠자 씨 가족의 관심도 점점 사라져갔다. 저 밑에서 머리에 짐을 인 정육점 점원이 세 남자를 지나쳐 힘차게 계단을 올라올 때에야 비로소 잠자 씨는 홀가분한 마음으로 두 여자를 데리고 집으로 들어갔다.

잠자 씨 가족은 오늘 하루 쉬면서 산책을 나가기로 했다. 그들은 오늘 하루만큼은 일을 하지 않고 쉴 만도 했고, 또 무엇보다 휴식이 필요했다. 그들은 먼저 탁자 앞에 앉아 잠자 씨는 지배인에게, 잠자 부인은 바느질감을 맡긴 사람에게, 그리고 그레테는 상점 사장에게 각각 결근계를 썼다.

한창 결근계를 쓰고 있을 때 파출부 할멈이 들어와 아침 일이 끝났으니 그만 돌아가겠다고 말했다. 세 사람은 편지를 쓰느라 얼굴도 들지 않고 고개만 끄덕였다. 그러나 할멈이 좀체 그 자리를 떠나려고 하지 않자, 그들은 불쾌한 표정을 지으며 고개를 들었다.

"왜 그러고 있소?"

잠자 씨가 물었다. 파출부 할멈은 문 앞에 서서 빙긋이 웃었다. 마치 가족들에게 더없이 반가운 소식이 하나 있는데, 꼬치꼬치 캐묻지 않으면 굳이 알려주지 않겠다는 듯한 태도였다. 할멈의 모자에 거의 수직으로 꽂힌 작은 타조 깃털이 가볍게 한들거렸다. 잠자 씨는 할멈이 집에 와서 일할 때면 늘 그 깃털이 몹시 눈에 거슬렸다.

"무슨 볼일이라도 있나요?"

잠자 부인이 물었다. 할멈은 이 집에서 부인을 가장 존경했다.

"예……."

할멈은 정겹게 웃으며 곧바로 말을 잇지 않고 잠시 뜸을 들였다.

"그러니까……, 옆방에 있는 저 물건을 치울 걱정일랑 아예 하지 마세요. 제가 벌써 다 처리했답니다."

잠자 부인과 그레테는 편지를 마저 쓰려고 종이 위로 머리를 수그렸다. 잠자 씨는 할멈이 일일이 다 말하려고 한다는 것을 눈치채고 얼른 손을 들어 단호하게 거절했다. 주저리주저리 떠들어댈 수 없게 되자 할멈은 그제야 자신이 몹시 바쁜 몸이라는 것을 떠올렸다. 기분이 상한 그녀는 퉁명스럽게 큰 소리로 "모두 잘 있으슈." 하고는 홱 돌아서서 문을 쾅 닫고 집을 나갔다.

"저녁에 다시 오면 내보내야겠소."

잠자 씨의 말에 부인과 딸은 아무런 대꾸도 하지 않았다. 모처럼 되찾은 평온을 할멈이 다 깨버렸기 때문이다. 어머니와 딸은 자리에서 일어나 창가로 다가가 서로 껴안고 가만히 서 있었다. 안락의자에 깊숙이 기대앉은 잠자 씨는 몸을 돌려 그들을 조용히 바라보았다. 잠시 뒤 잠자 씨가 그들을 향해 소리쳤다.

"이제 그만 이리들 와요. 지난 일을 자꾸 생각해 뭐 하겠어. 이제 그만 잊고, 내 생각도 좀 해주구려."

어머니와 딸은 그에게 달려가 다정한 눈빛으로 어루만지고는 다시 펜을 들었다. 편지를 급하게 마저 끝내고 그들은 함께 집을 나섰다. 몇 달 만에 처음이었다.

잠자 씨 가족은 전차를 타고 교외로 나갔다. 따스한 햇살이 속속들이 스며든 찻간에는 그들밖에 없었다. 그들은 의자에 등을 기대고 편안히 앉아 앞으로의 일을 이야기했다. 생각해보면 앞날이 어두운 것만도 아니었다. 서로 자세히 물어보지는 않았지만 세 사람이 하는 일도 꽤 괜찮은 것이었고, 무엇보다 전망이 있었다.

지금 당장은 집을 옮기는 것만으로 상황이 훨씬 나아질 것이다. 그들은 그레고르가 고른 지금의 집보다 작고 집세가 싼 집, 게다가 위치가 좋고 무엇보다 요모조모 쓸모 있는 집을 얻을 생각이었다. 이런 이야기를 나누는 동안 그레테의 얼굴에 점점 생기가 감돌았다.

잠자 씨와 부인은 그런 딸의 모습을 바라보면서, 온갖 고달픈 일을 겪은 터에 두 뺨이 창백하기는 했지만, 그녀가 어느새 아름답고 탐스러운 처녀로 성숙해 있다는 것을 거의 동시에 느꼈다. 잠자 씨 부부는 점점 말수가 줄어들더니 자신들도 모르게 눈빛을 주고받으면서 이제 딸한테 좋은 신랑감을 안겨줄 때가 되었다고 생각했다.

마침내 전차가 목적지에 다다르자 딸이 맨 먼저 일어나 생기 넘치는 몸을 쭉 폈다. 잠자 씨 부부는 그 모습을 보고 마치 새로운 꿈과 찬란한 미래가 보장되어 있는 듯 느꼈다.

판결

— 펠리체 B. 양을 위한 이야기

봄이 한창인 어느 일요일 아침나절, 젊은 상인 게오르크 벤데만은 자기 방에 앉아 있었다. 높이와 색깔 차이만 있을 뿐 하나같이 단조롭게 지은 나지막한 건물들이 강을 따라 죽 늘어서 있었는데 그중 한 건물의 2층이 그의 집이었다. 그는 외국에 사는 어린 시절 절친한 친구에게 보내는 편지를 다 쓰고 나서 심심풀이로 손을 놀리듯 편지를 천천히 봉하고는 팔꿈치를 책상에 괸 채로 창 너머 강물이며 다리, 그리고 강 너머 옅푸른 언덕을 바라보았다.

그는 친구가 고향에서 지내는 데 만족하지 못하고 몇 해 전에 그야말로 도피하다시피 러시아로 떠난 것에 대해 곰곰이 생각해보았다. 지금 그는 페테르부르크에서 사업을 하고 있다. 그런데 아주 가끔 고향에 와서 한숨을 내쉬며 하는 말을 들어보면 시작할 때는 잘되던 사업이 꽤 오래전부터 잘 안 되는 것 같았다. 그렇게 타지에서 뼛골 빠지게 일하는데도 별 소득이 없다보니, 어릴 때부터 익히 보아온, 병색 짙어 보이는 누런 얼굴 빛깔이 이국적인 덥수룩한 수염으로도 가려지지 않았다. 그의 말로는 그곳에 사는 고향 사람들하고는 연락도 하지 않고 동네 사람들하고도 별다른 교류 없이 그럭저럭 총각으로 살아가고 있다는 것이었다.

그렇게 일정한 궤도에서 완전히 벗어나버렸고, 안쓰럽기는 하지만 도와줄 수 없는 사람에게 무슨 말을 한단 말인가. 그에게 다시 고향으로 돌아와 여기 살면서 옛날 친구들을 다시 만나—그럴 수 없는 무슨 애로 사항이 있는 것도 아니니—도움을 청해보라고 말해야 하는 건 아닌가. 하지만 그렇게 말하는 건 그에게 마음을 써주기는 하면서도 동시에 그만큼 그를 기분 나쁘게 하는 것이었다. 말하자면 지금까지 계획했던 것들이 모두 실패했으니 그만 다 접고 돌아와 귀향한 사람에게 보내는 사람들의 눈총을 마땅히 감수하고, 친구들은 조금이나마 이해하고 있으니, 집에 머물면서 나이 먹은 어린애처럼 성공한 친구들이

시키는 대로 하라고 말하는 것이나 다름없다. 도대체 그는 어떤 점으로 괴로워하고 고민하는 것일까? 어쩌면 그는 영영 집으로 돌아오지 않을 것이고—그도 고향이 어떤지는 전혀 모른다고 말했다—충고에 기분이 상해서 먼 타국에 계속 머물면서 친구들과 한층 더 멀어질지도 모른다. 그러나 그가 충고를 받아들여서 여기에 돌아와 눌러앉는다면—물론 마음이 내킨 것이 아니라 상황이 그렇게 되어서—친구들과 어울리든 그렇지 않든 어찌할 바를 모르고 수치심에 시달릴 것이며, 그렇게 되면 정말이지 고향도 친구도 모두 잃게 될 것이니 그냥 타향에 머물러 있는 편이 오히려 낫지 않을까? 이런 상황에서 어떻게 여기 오면 그의 처지가 더 나아지리라고 말할 수 있겠는가.

이런 이유로 편지만이라도 지속적으로 주고받고 싶지만, 아주 서먹서먹한 사람에게도 거리낌 없이 말할 수 있는 사실을 그에게는 전할 수 없었다.

친구가 고향에 오지 않은 지 벌써 3년이 넘었다. 그 이유를 불안정한 러시아 정세 때문이라고 옹색한 변명을 늘어놓았는데, 그의 말로는 소규모 사업가가 단기간 출국하는 것도 허락하지 않는데 러시아 사람 수십만 명이 유유자적 전 세계를 돌아다니고 있다는 것이었다. 그 2, 3년 동안 게오르크에게도 많은 변화가 있었다. 2년 전쯤 어머니가 돌아가신 뒤로 연로한 아버지와 함께 살고 있다는 소식을 그 친구도 전해 들었는지 언젠가 편지에서 무미건조하게 조의를 표했다. 무미건조했던 이유는 객지에서는 그러한 슬픔을 도무지 실감하거나 상상할 수 없기 때문일 것이다.

그런데 그 무렵 게오르크는 다른 일에서도 그랬듯이 큰 결심을 하고 사업에 뛰어들었다. 아마도 어머니가 살아 계실 때 그의 아버지는 자기 생각대로만 사업을 해나가면서 그가 독자적으로 행동하지 못하게 했던 것 같았고, 그러다 어머니가 돌아가시고 나서 아버지는 사업에서 손을 떼지는 않았으나 소극적으로 간여했고, 어쩌면 운도—그럴 공산이 아주 크다—많이 따랐다고 해야 할 것이다. 어쨌든 2년 동안 뜻밖에도 사업이 번성해서 종업원은 두 배 많아졌고, 매출은 다섯 배 늘어났다. 게다가 앞으로도 더 번창할 것이 분명하다.

그러나 친구는 이런 변화를 전혀 알지 못했다. 마지막 편지, 아마 조의를 표했던 그 편지였을 텐데, 그는 게오르크에게 러시아로 건너오라고 설득했고, 페테르부르크에 게오르크 회사의

지사를 낼 경우 전망이 어떤지 상세하게 적어 보냈다. 하지만 그 수치들이 지금 사업 규모에 비해 턱없이 적은 것이었다. 그러나 게오르크는 친구에게 사업에 성공했다고 쓸 생각이 없었고, 뒤늦게 그런 말을 하기도 뭣했다.

그래서 게오르크는 친구에게 늘 어느 한가한 일요일 곰곰이 생각해보면 기억 속에 아무렇게나 쌓여 있는 별 의미 없는 일들에 대해서만 썼다. 그는 그 오랜 시간 친구가 고향에 대해 품었을, 흐뭇한 이미지를 깨뜨리고 싶지 않았을 뿐이었다. 그러다 보니 게오르크는 꽤 뜨문뜨문 편지를 보내면서 자기와 아무 관계 없는 사람이 역시나 아무 관계 없는 여자와 약혼했다는 소식을 세 번이나 전해주었고, 급기야 본의 아니게 그 친구가 이 일에 흥미를 느끼기 시작했다.

그런데도 게오르크는 한 달 전 자기가 부유한 집안의 프리다 브란델펠트와 약혼했다는 소식보다 그런 일들을 훨씬 더 많이 편지에 썼다. 종종 그는 약혼녀에게 이 친구와 특별히 편지를 주고받는다는 이야기를 했다.

"그럼 우리 결혼식에 그분은 오지 않겠네요. 그래도 나는 당신 친구들을 다 알고 싶어요."

그녀가 말했다.

"그 친구에게 부담 주고 싶지 않아. 나를 이해해줘. 그 친구는 올 거야. 적어도 나는 그렇게 믿어. 하지만 억지로 요구하면 그가 상처 받고, 어쩌면 나를 원망할지도 몰라. 자신이 초라하게 느껴져서 섭섭한 마음을 떨쳐버리지 못하고 혼자 돌아갈 거야. 혼자. 그게 무슨 뜻인지 알겠어?"

게오르크가 말했다.

"알겠어요. 하지만 그 사람이 다른 방법으로 우리 결혼을 알게 될 수도 있지 않나요?"

"그렇게 되는 것까지 막을 수는 없지. 그러나 그 친구가 사는 방식으로 보아 그럴 일은 없을 거야."

"게오르크, 당신 친구가 그런 사람이라면 약혼도 하지 말걸 그랬어요."

"하지만 그건 우리 문제야. 나는 생각을 바꾸고 싶지 않아."

그러고 나서 그가 키스를 하는데 그녀가 숨을 가쁘게 쉬면서 "그래도 기분 상했어요."라고 말하자, 그는 친구에게 모든 일들을 편지에 써서 보내도 그의 기분이 상하지 않으리라는 생각이 드는 것이었다.

'나는 원래 그런 사람이고, 그도 내가 그러려니 할 거야. 그와 우정을 지키기 위해 있는 그대로의 내가 아닌 또 다른 나를 만들어낼 수는 없지.'

그리하여 그는 일요일 아침나절 친구에게 긴 편지를 쓰면서 다음과 같이 약혼했다는 소식을 알렸다.

"마지막으로 아껴둔 좋은 소식을 하나 전하지. 프리다 브란델펠트라는 아가씨와 약혼했다네. 자네가 여기를 떠나고 한참 뒤에 이사 와서 자네는 잘 모르는 부유한 집안 아가씨야. 다음 기회에 내 약혼녀에 대해 좀더 자세히 이야기해줄게. 나는 아주 행복해. 이제 자네는 극히 평범한 친구 대신 아주 행복한 친구를 두게 되었어. 우리 사이에 달라진 건 그것뿐이야. 오늘은 이 정도로 만족하게. 그리고 앞으로는 내 약혼녀가 직접 편지로 자네에게 안부를 전할 거야. 그녀는 진정한 친구가 되어줄 거야. 어쨌든 미혼인 자네에게는 의미 있는 일이겠지. 여러 가지로 오기 어려운 상황이라는 건 아네. 하지만 내 결혼식이야말로 온갖 잡다한 일들을 제쳐두고 여기에 올 수 있는 절호의 기회가 되지 않겠나. 하지만 어쨌든 이런저런 고민에 빠지지 말고 그저 자네 편한 대로 하게."

게오르크는 편지를 손에 들고 책상 앞에 앉은 채로 한동안 창밖을 내다보았다. 아는 사람이 골목길을 지나가면서 인사를 하는데도 딴생각에 빠져 답례도 못 하고 멍하니 있을 뿐이었다.

이윽고 그는 편지를 주머니에 넣고 방에서 나와 짧은 복도를 가로질러 몇 달 동안 한 번도 들어가지 않은 아버지의 방으로 갔다. 평소 그는 아버지와는 가게에서 계속 만나기 때문에 굳이 아버지 방에 들어갈 일이 없었다. 그와 아버지는 같은 시간, 같은 식당에서 점심을 먹었고, 저녁은 각자 알아서 차려 먹었다. 그러고 나서 게오르크는 종종 그렇듯이 친구들을 만나고, 약혼녀를 만나러 갈 일이 없을 때는 아버지와 함께 거실에 앉아 각자 신문을 읽곤 했다.

게오르크는 화창한 날 오전인데도 아버지의 방이 몹시 어두운 것을 보고 적잖이 놀랐다. 좁은 뜰 저편에 우뚝 선 담장이 어두운 그늘을 드리우고 있었던 것이다. 아버지는 돌아가신 어머니를 기념하는 물건들로 장식된 창가에 앉아 신문을 한쪽으로 기울여 들고 읽고 있었다. 그렇게 하면 잘 보일까 싶어 그러는 것이었다. 탁자 위에는 먹다 남은 아침 식사가 그대로 놓여 있었는데 많이 드시지 않은 것 같았다.

"그래, 게오르크."

아버지가 얼른 일어나 그에게 다가왔다. 아버지가 걸친 무거운 가운 양끝이 걸음에 따라 펄럭였다. 그 모습을 보고 게오르크는 '아버지는 여전히 건강하시구나.'라고 속으로 중얼거렸다. 그러고는 말했다.

"방이 너무 어두운데요."

"뭐, 어둡긴 하지."

아버지가 말했다.

"창문도 닫으셨네요."

"그게 더 나아서 말이다."

"바깥 날씨가 아주 따뜻해요."

게오르크는 후세 사람이 앞 세대 사람에게 말하듯 하며 자리에 앉았다.

아버지가 아침 식사 그릇들을 치워 상자 위에 놓았다.

게오르크는 멍한 눈으로 노인의 거동을 좇으면서 말했다.

"아버지께 말씀드릴 게 있어서 왔어요. 페테르부르크에 제 약혼 소식을 알렸어요."

그는 주머니 속에 있던 편지를 조금 꺼냈다가 도로 넣었다.

"페테르부르크?"

아버지가 물었다.

"친구가 거기 있거든요."

그러면서 게오르크는 아버지의 눈빛을 살폈다. 가게에서 보던 모습과 전혀 다르다는 생각을 했다. 팔짱을 낀 채 편히 앉은 모습이라니…….

"그래, 네 친구?"

아버지가 강조해서 말했다.

"아시다시피 처음에는 그 친구한테 제 약혼 소식을 전하지 않으려고 했어요. 조심스러워서 그런 것이지 별다른 이유는 없었어요. 아버지도 아시잖아요. 까다로운 친구예요. 다른 사람한테 제 약혼 소식을 들을지도 모른다고 생각했어요. 혼자 외롭게 살고 있으니 그럴 리도 없겠지만요. 그것까지야 제가 막을 수는 없죠. 하지만 제가 직접 전하고 싶지는 않았어요."

"그런데 생각이 달라진 거냐?"

아버지가 물었다. 그러고는 커다란 신문을 창턱에 놓고 그 위에 안경을 놓고 손을 갖다 댔다.

"네, 다시 생각해보니, 그가 좋은 친구라면 행복한 나의 약혼을 그도 행복하게 여길 거라는 거예요. 그래서 더 이상 망설이지 않고 그 친구한테 알리려고요. 그래도 편지를 부치기 전에 아버지께 말씀드리려고 하는 거예요."

"게오르크."

아버지가 이 없는 입꼬리를 올리고 말했다.

"내 얘기 들어봐라. 너는 이 일을 나하고 상의하려고 왔다. 그것은 칭찬할 일이다. 그러나 네가 나에게 모든 것을 사실대로 말하지 않는다면 아무 의미가 없다. 아니, 그 정도가 아니라 훨씬 더 불쾌할 수도 있다. 이 문제와 상관없는 얘기는 끄집어내지 않겠다. 네 어머니가 세상을 떠난 뒤로 뭔가 불미스러운 일들이 있었다. 언젠가는 그런 얘기를 할 때가 올 거고, 어쩌면 우리가 생각하는 것보다 훨씬 더 빨리 올 수도 있을 거야. 사업은 상당 부분 내 손을 떠났어. 나한테 숨기지는 않겠지. 숨기는 게 있다면 하는 가정도 하지 않겠다. 이제 나는 기력이 다했고 기억력도 예전 같지 않아 많은 일들을 두루 살피지 못한다. 그것은 우선 자연의 순리인 것이고, 두 번째는 네 어머니의 죽음으로 너보다 내가 훨씬 더 상심했기 때문이다. 하지만 우리가 바로 이 문제, 그러니까 편지 얘기를 하고 있으니 말인데, 게오르크야, 제발 부탁하건대 나한테 거짓말하지 말아라. 그건 정말 아무 의미도 없는, 털끝만큼의 가치도 없는 일이야. 그러니 나를 속이지 말고 말해보거라. 정말 페테르부르크에 그런 친구가 있는 것이냐?"

게오르크는 당황하며 일어났다.

"친구 얘기는 그만하죠. 천 명의 친구가 있다 한들 아버지를 대신할 수는 없으니까요. 제 마음을 아세요? 아버지는 자신을 아낄 줄을 몰라요. 하지만 나이 들수록 자신을 아낄 필요가 있어요. 제가 사업하는 데 있어 아버지는 없어서는 안 될 분이에요. 그건 아버지도 잘 아시잖아요. 하지만 아버지께서 사업 때문에 건강을 해친다면 저는 내일이라도 당장 못 하게 하겠어요. 그건 말도 안 돼요. 아버지를 위해 생활 방식을 바꿔야겠어요. 근본적으로 말이에요. 이런 어둠침침한 곳에 앉아 계시지 말고 거실에서 햇볕을 좀 쬐세요. 아침을 뜨는 둥 마는 둥 하지 마시고 기력에 좋은 음식도 드시고요. 창문을 모두 닫아놓고 계시는데 신선한 공기를 쐬는 것이 아버지한테 좋을 거예요. 안 되겠어요, 아버지! 의사를 불러올 테니 진료를 받으세요. 제 방이랑 바꿔야겠어요. 아버지는 앞쪽 방으로 옮기시고 제가 이 방을 쓸

게요. 변하는 건 없을 거예요. 모든 걸 다 옮길 거니까요. 하지만 그런 건 적당히 시간 봐서 하고, 지금은 일단 침대에 누우세요. 아버지는 무조건 휴식부터 취해야 해요. 제가 옷 벗는 걸 도와 드릴게요. 제가 그 정도는 할 수 있다는 것을 아실 거예요. 아니면 제 방으로 가서 침대에 누우세요. 그게 나을 것 같네요."

게오르크는 아버지 가까이 바싹 다가섰다. 아버지는 엉클어진 백발이 성성한 머리를 푹 떨구고 있었다.

"게오르크."

아버지가 꼼짝도 하지 않고 낮은 목소리로 말했다.

게오르크는 얼른 아버지 옆에 꿇어앉았다. 지친 표정으로 쳐다보는 아버지의 눈동자가 눈 가장자리로 흘러내릴 듯 커져 있었다.

"페테르부르크에 네 친구 같은 건 없어. 너는 늘 장난을 잘 쳤어. 나한테도 그랬고. 그곳에 네 친구가 있을 이유가 뭐냐? 도무지 믿을 수가 없구나."

"잘 생각해보세요, 아버지."

게오르크는 소파에 앉은 아버지를 일으키며 말했다. 그리고 그야말로 힘없이 서 있는 아버지의 가운을 벗기며 말했다.

"3년 전 일이에요. 그때 제 친구가 우리 집에 왔어요. 아버지가 그 친구를 썩 마음에 들어 하지 않았던 것도 기억나요. 그래서 두어 번쯤 그 친구가 없는 척한 적이 있어요. 내 방에 있었는데도 말이에요. 저는 아버지가 왜 그 친구를 마뜩잖아했는지 알 만했어요. 굉장히 독특한 친구였거든요. 하지만 나중에는 아버지도 그 친구와 얘기도 잘 나누시고 했어요. 저는 아버지가 그 친구의 말에 귀 기울이며 고개를 끄덕이고, 뭔가를 묻는 모습을 보고 굉장히 뿌듯했는걸요. 잘 생각해보시면 틀림없이 기억나실 거예요. 그때 그 친구가 러시아혁명에 관해 황당한 이야기를 들려주었어요. 예를 들면 사업차 키예프에 갔을 때 폭동이 일어났는데, 한 성직자가 어느 발코니에 서서 손바닥에 피의 십자가를 새긴 손을 들어 군중을 불렀다는, 그런 이야기들 말이에요. 아버지도 이 사람 저 사람한테 그 얘기를 하셨잖아요."

게오르크는 이야기를 하면서 아버지를 다시 앉히고 리넨 팬티 위에 입은 꽉 끼는 면 속옷과 양말을 조심스럽게 벗겼다. 조금 때 묻은 속옷을 보고 그는 아버지를 제대로 돌보지 않은 자신을 나무랐다. 아버지 속옷에 신경 쓰는 것 역시 자기가 해야 할 일이었다. 그는 앞으로 아버지를 어떻게 모실지에 대해 약혼녀와 이야기한 것이 전혀 없다. 두 사람은 명확하게 말하지는 않았지만, 아버지 혼자 이 집에 사실 거라고 생각하고 있었다. 하지만 이 순간 그는 단호하게 결심했다. 새로 살림을 차릴 집에 아버지를 모시겠다고. 심지어 나중에 자기 집에서 아버지를 보살펴드리는 건 너무 늦다는 생각마저 들었다.

게오르크는 아버지를 안고 침대로 걸어갔다. 몇 걸음 떼었을 때 그는 아버지가 가슴에 안긴 채 자기의 시곗줄을 쥐고 만지작거리는 것을 보고 섬뜩한 기분을 느꼈다. 그는 아버지를 곧장 침대에 누일 수 없었다. 시곗줄을 꽉 쥐고 있었던 것이다.

그러나 침대에 눕히자 아버지는 안심하는 듯 보였다. 아버지는 직접 이불을 집어 어깨 위까지 끌어당겨 덮었다. 그러고는 악의 없는 눈길로 게오르크를 올려다보았다.

"그렇죠? 그 친구 기억나시죠?"

게오르크는 이불을 덮어주면서 말했다.

"이불이 잘 덮였느냐?"

아버지는 발까지 제대로 덮였는지 볼 수 없는 듯 물었다.

"침대에 누우니 편하시죠?"

게오르크가 이불을 잘 여며서 덮어주었다.

"이불이 제대로 덮였느냐?"

아버지가 다시 한번 물었는데 어떤 대답을 기다리는 것 같았다.

"걱정 마세요. 이불은 잘 덮였어요."

"아니야!"

아버지는 물음에 대답이 튕겨 나가듯 소리쳤다. 그러고는 한번에 확 걷어서 쫙 펼쳐질 만큼 거센 힘으로 이불을 던져버리고는 침대 위에 똑바로 서더니 한 손으로 천장 살짝 짚었다.

아버지가 말했다.

"너는 이불로 나를 덮으려고 했다. 하지만 나는 알아. 아들아, 아직 덮지 못했어. 비록 마지막 힘이지만 너한테 맞서기에는 충분해. 나는 네 친구를 잘 알고 있다. 내가 마음에 들어 하는 아이였는지 모른다. 그래서 몇 해 동안 너는 그 친구를 속였어. 안 그러면 왜? 내가 그 애를 생각하며 울지 않았다고 생각하는 거냐? 그 때문에 너는 네 사무실에 틀어박혀 아무도 들어오지 못하게 한 거야. 사장님은 너무 바쁘다면서—그저 러시아로 그 엉터리 편지 따위나 쓰려고 말이다. 하지만 이 아비한테 아들의 실체를 가르쳐준 사람은 없어. 너는 그 애를 억눌렀어. 지나치게 억눌

124

렀어. 꼼짝도 못하게 엉덩이로 깔고 앉은 거야. 그러고서는 우리 아드님은 결혼하기로 마음먹었지."

게오르크는 아버지를 올려다보았다. 끔찍한 모습이었다. 아버지가 갑자기 너무도 잘 안다고 말한 페테르부르크의 친구가 그의 마음을 뒤흔들어놓았다. 머나먼 러시아 땅에서·실종된 친구의 모습이 보이는 듯했다. 완전히 털린 가게 문 앞에 서 있는, 깨진 진열대, 갈갈이 찢긴 상품들, 떨어져 내려온 가스관 사이에서 간신히 서 있는 그의 모습이. 그는 왜 그 먼 곳으로 떠나야 했을까?

"나를 보거라!"

아버지가 소리치자 게오르크는 넋이 나간 채로 무언가를 잡으려고 침대로 달려가려다 멈췄다.

"그 여자가 치마를 들어 올려서 그런 거야!"

아버지가 나직한 목소리로 말했다.

"그년이 치마를 이렇게 들어 올려서, 더러운 년이……"라면서 아버지가 셔츠를 끌어 올렸다. 그러자 전쟁 때 입은 허벅지 상처가 드러났다.

"그년이 치마를 이렇게 쳐드는 바람에 네가 그년한테 붙어먹은 거야. 그래서 그년 비위를 맞추고 그년과 즐기려고 네 어미의 영전을 욕되게 하고 그 친구를 배신하고 네 아비를 꼼짝달싹 못하도록 침대에 처박아놓은 거야. 하지만 네 아비가 그렇게 꼼짝달싹 못할 성싶으냐?"

그러면서 아버지는 아무것도 잡지 않은 채 다리를 뻗었다. 아버지의 얼굴에는 다 꿰뚫어 보았다는 듯한 웃음이 번뜩였다.

게오르크는 아버지로부터 되도록 멀찍이 떨어져 한쪽 구석에 서 있었다. 한참 전부터 그는 모든 것을 빠짐없이 면밀하게 주시하려고 마음먹었다. 뒤쪽으로든 위쪽으로든 우회로에서 갑자기 공격당하지 않도록 말이다. 그는 잊고 있었던 그 결심을 다시 기억했다가는 또 잊어버렸다. 짧은 실을 바늘귀에 꿸 때처럼.

"하지만 네 친구가 배신을 당한 건 아냐!"

아버지가 소리치면서 그 말을 강조하듯 검지를 추켜세워 흔들었다.

"내가 그 친구의 이 지역 대리인이거든!"

"희극 배우였군!"

게오르크는 더 이상 참지 못하고 소리쳤다. 하지만 그렇게 하면 불리하다는 것을 즉시 깨닫고 눈을 부릅뜨고 혀를 깨물었다.

그는 허리가 접힐 정도로 아팠으나 이미 늦었다.

"그래, 나는 연극을 했지. 희극을! 적절한 말이야. 늙은 홀아비가 뭘 위안으로 삼겠느냐? 말해보거라. 대답하는 순간은 아직 살아 있는 내 아들이다. 불성실한 고용인들한테 시달리다가 뒷방으로 물러난, 뼛속까지 늙어빠진 나한테 남은 게 뭐가 있겠느냐? 그런데 내 아들은 활개를 치며 신나게 세상을 돌아다니고, 내가 일궈놓은 가게들을 모조리 폐업시키고, 노느라 정신을 못 차리면서, 제 아비 앞에서는 정직한 척 진지한 표정을 지으며 나타났다! 내가, 너에게 배신당한 내가, 너를 사랑하지 않았다고 생각하느냐?"

'이제 몸이 고꾸라지겠지.'

게오르크가 생각했다.

'제발 밑으로 떨어져 산산조각 나버리면 좋겠어!'

이 말이 식식거리며 온통 머릿속에 들끓었다.

아버지의 몸이 구부러졌으나 떨어지지는 않았다. 게오르크가 다가가려 하자 아니나 다를까 다시 몸을 일으켰다.

"그냥 거기 있거라. 너 따위 필요 없어. 네가 이리로 와서 도와줄 수 있다고 생각하겠지. 하지만 착각하지 말거라. 아직은 내 힘이 더 세니까. 나 혼자라면 물러나야겠지만, 네 어미가 힘을 보태주고 갔다. 나는 네 친구와 아주 훌륭하게 맺어진 관계야. 네 거래처 명단도 여기, 내 주머니에 있지."

"속옷에도 주머니가 달렸군!"

게오르크는 혼잣말을 중얼거리며, 이 한마디로 아버지를 이 세상에 둘도 없는 사람으로 비방할 수도 있다고 생각했다. 하지만 잠시뿐이었다. 곧 잊어버렸던 것이다.

"떡하니 약혼녀 팔짱을 끼고 나에게 다가와 보거라. 그 여자를 네 옆에서 싹 쓸어버릴 테니. 내가 어떻게 할지는 모르겠지."

게오르크는 믿을 수 없다는 표정으로 얼굴을 찌푸렸다. 아버지는 꼭 그렇게 하고 말겠다는 듯 게오르크가 서 있는 구석을 향해 고개를 끄덕였다.

"네가 친구한테 약혼 소식을 편지로 알려야 할지 물었을 때 참 웃기더구나. 그 아이는 이미 다 알고 있는데 말이다. 멍청한 녀석! 그는 이미 다 알고 있어! 내가 그 애한테 편지를 썼거든. 너는 나한테서 필기도구를 뺏어야 한다는 걸 잊고 있었어. 그래서 몇 년째 그 애한테 편지가 오지 않은 거야. 그 애는 모든 것을 알고 있어. 너보다 너에 대해 백배는 더 잘 알지. 네 편지는 읽을 생각도 하지 않고 왼손으로 구겨서 들고, 내 편지는 읽으려고 오른손으로 받쳐 들고 있지."

아버지는 흥분한 나머지 머리 위로 팔을 들고 흔들며 소리쳤다.

"그 애가 천배는 더 잘 알고 있단 말이다."

"그 이상이겠죠."

게오르크는 빈정거리는 투로 말하려고 했으나 더없이 진지하게 내뱉고 말았다. 그러자 아버지가 말했다.

"몇 해 전부터 나는 네가 언제 그걸 물어보러 오나 하고 조심스럽게 기다리고 있었다. 그것 말고는 너에 대해 내가 무슨 걱정을 하겠느냐? 내가 신문을 읽고 있다고 믿었지? 자, 보거라."

어떻게 섞여 들어갔는지는 모르겠지만, 아버지는 침대 속에서 신문지 한 장을 꺼내 게오르크 앞으로 던졌다. 게오르크는 알지도 못하는 오래된 신문이었다.

"철들기 전까지 너는 얼마나 오랜 세월 게으르고 굼떴느냐? 어머니는 좋은 시절은 보지도 못하고 세상을 떠났다. 친구는 러시아에서 몰락하기 직전이고, 3년 전에 이미 그는 자포자기할 지경으로 얼굴이 누렇게 떴어. 그리고 나는 어떠냐? 내 처지는?

보거라. 그런 걸 보라고 달린 눈이 아니냐?"

"말하자면 아버지는 몰래 저의 동정을 살폈던 거군요."

게오르크가 소리쳤다. 그러자 아버지가 연민 어린 투로 내뱉었다.

"너는 진작에 그 말을 했어야지. 이제 와서 그런 말 한들 무슨 소용이냐."

그러고는 더 크게 소리쳤다.

"이제 이 세상에 너만 있는 게 아니라는 것을 알았겠지? 지금까지 너는 너밖에 모르고 살았어. 너는 티 없이 순수한 아이처럼 굴었어. 하지만 속은 악마 같은 인간이었어! 그러니 듣거라! 나는 너에게 익사형에 처하노라!"

게오르크는 쫓겨나는 듯한 기분으로 방을 나왔다. 등 뒤로 아버지가 침대 위에서 쿵 하고 쓰러지는 소리가 나더니 그 소리가 계속 그의 귓가에 맴돌았다. 경사진 땅을 내려오듯 계단을 달려 내려오다가 마침 오전에 청소를 하러 올라오던 하녀와 부딪혔다. 여자는 "세상에!"라고 소리치며 얼른 앞치마로 얼굴을 가렸다. 그러나 그는 이미 그곳을 벗어나 튕겨 나가듯 문밖으로 뛰어갔다. 그는 차도를 지나 쫓겨가듯 물가로 달려갔다. 어느새 그는 굶주린 자가 먹을 것을 움켜잡듯 난간을 꽉 잡았다. 그는 뛰어넘었다. 소년 시절 부모님이 자랑스러워했던 훌륭한 체조 선수처럼 난간 너머로 몸을 날렸다. 힘이 빠지는 두 손으로 아직은 난간을 단단히 잡고, 난간 기둥 사이로, 자기 몸이 떨어지는 소리를 가볍게 눌러버릴 버스를 살피며 나지막이 울부짖었다.

"부모님, 그래도 저는 늘 당신들을 사랑했습니다."

그러고는 몸을 내던졌다.

마침 이때 다리에는 차들이 끝없이 오가고 있었다.

시골 의사

나는 어쩔 줄 몰랐다. 급히 가야 할 데가 있는데 말이다. 10마일(약 16킬로미터—옮긴이) 떨어진 마을에 위중한 환자가 있는데, 거기까지 가는 그 넓은 길에 거센 눈보라가 휘몰아치고 있었던 것이다. 마차는 있었다. 시골길에 적합한 바퀴 크고 가벼운 마차였다. 나는 털외투를 둘러 꼭꼭 여미고 왕진 가방을 든 채 벌써 마당에 나와 있었다. 그런데 마차에 맬 말이 없었다. 얼어붙은 겨울날 기력이 떨어졌는지 간밤에 그만 죽고 말았다.

하녀가 말 한 필을 빌리러 온 마을을 뛰어다녔다. 하지만 나는 가망이 없다는 것을 알고 있었다. 눈은 점점 쌓이고, 몸을 움직이기도 힘든 상황에서 나는 어쩌지도 못하고 그 자리에 서 있었다. 하녀가 등불을 가로저으며 혼자 대문으로 들어왔다. 당연한 것 아니겠는가? 길이 이런데 누가 말을 빌려주겠는가? 나는 다시 마당을 가로질러 갔다. 아무 가망 없이, 멍하니, 괴로운 마음에, 몇 해째 사용하지 않는 돼지우리의 부서진 문을 발로 걸어찼다. 돌쩌귀에 헐렁하게 걸린 문이 삐거덕거리며 여닫혔다. 말의 온기와 냄새가 새어 나왔다. 안쪽에서 끈에 매달린 등이 흐릿하게 흔들리고 있었다.

나지막한 칸막이 너머에서 수염도 나지 않은 푸른 눈의 남자가 몸을 웅크리고 기어 나오면서 물었다.

"말 필요하슈?"

나는 무슨 말을 해야 할지도 모른 채 그저 몸을 굽히고 축사 안에 또 뭐가 있나 하고 보았다. 그러자 곁에 서 있던 하녀가 말했다.

"자기 집에 쓸 만한 물건이 있는지 없는지도 모르는군요."

그러고는 우리 둘은 웃음을 터뜨렸다.

"이랴! 이랴!"

마부가 소리치자 옆구리 근육이 탄탄하고 힘이 넘치는 말 두 마리가 잘생긴 대가리를 낙타처럼 숙이고, 두 다리는 잔뜩 오그려 몸통에 붙인 채 몸뚱이가 꽉 끼는 문을 비비적대며 나왔다.

두 놈은 문을 나오자마자 똑바로 섰다. 껑충한 몸으로 콧김을 세게 내뿜으며.

"저 사람 좀 거들어주게."

내가 하녀에게 말했다. 말 잘 듣는 하녀는 얼른 가서 마구를 마부에게 주었다. 그런데 마부가 자기 곁으로 다가온 하녀를 껴안더니 자기 얼굴을 그녀의 얼굴에 대고 비볐다. 하녀가 꺅 소리를 지르며 나한테 달려왔다. 그녀의 뺨에는 빨갛게 잇자국이 두 줄 나 있었다.

"짐승 같은 놈아, 채찍으로 맞고 싶으냐?"

나는 버럭 소리쳤다. 그러나 곧 어디서 왔는지도 모르는 처음 보는 사람이고, 아무도 나서지 않는 이때 자진해서 도움을 주려 한다는 생각이 들었다. 그는 내 마음을 읽은 듯 으름장을 놓는데도 아랑곳하지 않고, 말을 부리는 일만 신경 쓸 뿐이었다. 그러다 나를 힐끗 돌아보고는 "타십쇼."라고 말했는데, 정말 떠날 채비가 다 되어 있었던 것이다. 지금까지 그처럼 제대로 마구를 갖추고 타본 적이 없다는 생각이 들자 나는 기쁜 마음으로 마차에 올라탔다.

"아무래도 내가 말을 몰아야겠네. 자네는 길을 잘 모를 테니 말이야."

내가 말했다.

"물론입죠. 저는 함께 가지 않을 겁니다. 로자하고 같이 있으렵니다."

그가 말했다.

"안 돼요."

로자가 소리쳤다. 그녀는 피할 수 없는 운명을 예감한 듯 집 안으로 달려갔다. 그리고 철커덕 문고리 사슬이 걸리는 소리가 들렸다. 자물쇠로 잠그는 소리도 들렸다. 그녀는 그것도 성에 안 차는지 자기를 찾지 못하도록 방마다 돌아다니며 불을 모두 끄는 것이었다.

"자네가 같이 가지 않으면 나도 안 가겠네. 그리 급한 것도 아니고. 말을 빌리는 대가로 저 처녀를 내줄 생각은 눈곱만큼도 없어."

내가 마부에게 말했다.

마부가 손뼉을 치며 "이랴!"라고 소리치자 마차는 물살에 휩쓸려 떠내려 가는 나무토막처럼 쏜살같이 달려갔다. 마부의 돌진에 집 문짝이 우지끈 부서지는 소리가 들리고 이어서 오관을 파고드는 굉음이 나를 휘감았다. 하지만 그것도 잠시, 내 집 대문 바로 앞에 환자의 집 마당이 있기라도 한 듯 우리는 금세 도착했다.

말들이 가만히 멈췄다. 눈은 어느새 그치고 달빛이 사방을 비췄다. 환자의 부모가 얼른 밖으로 뛰어나왔다. 그들 뒤로 환자의 누이를 비롯해 사람들이 뛰어와 나를 들다시피 마차에서 내려주었다. 왁자지껄 떠드는 이야기는 무슨 말인지 전혀 알아들을 수 없었다. 환자가 누워 있는 방은 숨을 쉬기 힘들 정도로 공기가 탁했다. 화덕에서는 연기가 피어오르고 있었다. 창문부터 열어야겠다. 하지만 그 전에 먼저 환자를 봐야 한다. 야위고, 열은 없고, 차지도 따뜻하지도 않고, 속옷도 입지 않고 털이불을 덮고 누워 있는 소년이 퀭한 눈으로 몸을 일으키더니 두 손으로 내 목을 끌어안고 내 귀에 대고 속삭였다.

"의사 선생님, 저를 죽게 해주세요."

나는 주위를 둘러보았다. 아무도 그 말을 듣지 못했다. 부모는 몸을 숙이고 서서 말없이 내 진단을 기다리고 있었고, 누이는 왕진 가방을 놓을 의자를 가지고 왔다. 내가 가방을 열어 진료 도구를 찾는 동안 소년은 계속 몸을 일으켜 나를 더듬어 찾아 자신의 부탁을 상기시키려 했다. 나는 핀셋 하나를 집어 촛불에 비춰 살펴본 다음 다시 내려놓았다.

'이런 경우에는 되레 하느님이 도와준다니까. 말을 보내주고, 급하면 한 필 더 보내주고, 게다가 과분하게도 마부까지 붙여 주지.'

나는 불경스러운 생각을 했다.

그제야 로자가 생각났다. 난 어떻게 해야 하지? 어떻게 그녀를 구하지? 마부의 손아귀에서 어떻게 그녀를 빼낸단 말인가? 그녀가 있는 곳에서 10마일이나 떨어져 있고, 마차에 매어놓은 말은 다룰 수도 없는데 말이다. 어떻게 된 일인지 마구가 느슨해진 말들이 밖에서 창문을 열어젖히고, 한 마리가 창문 하나씩 대가리를 들이밀고, 식구들이 소리 지르는데도 아랑곳하지 않고 환자를 지켜보는 것이었다. 나는 마치 말들이 "빨리 돌아가야 해."라고 종용하는 듯 여겨졌으나, 내가 후텁지근한 공기에 힘들어한다고 생각했는지 그 누이가 내 털외투를 벗기는데도 가만히 있었다.

노쇠한 아버지가 럼주 한 잔을 내오더니 내 어깨를 톡톡 두드렸다. 자식을 믿고 맡긴다는 뜻이었다. 나는 머리를 저었다. 오직 노인의 좁은 소견이 역겨워 럼주를 거절했다. 침대 곁에 있던 어머니가 나에게 가까이 오라고 했다. 말 한 마리가 힝힝거리며 방 천장을 향해 콧김을 내뿜는 동안 나는 소년의 가슴에 귀를 대어보았다. 젖은 수염이 닿자 소년이 몸을 떨었다. 짐작대로 소년은 건강했다. 낯빛이 조금 안 좋고, 노심초사하던 어머니가 커피를 잔뜩 먹여놓았을 뿐 건강했다. 그냥 발로 뻥 차서 침대 밖으로 밀어내는 것이 가장 좋은 처방일 터였다. 하지만 내가 세상을 바꾸지 못할 바에야 그냥 내버려두자. 나는 지역에 고용된 사람으로 지나치게 많은 의무를 짊어지고 있다. 적은 봉급으로도 돈 없는 사람들에게 야박하게 굴지 않고 그들을 도와주었다. 나는 여전히 로자를 보호해야 할 의무가 있고, 생각해보면 소년의 말도 납득할 만했다.

　나 역시 죽을 지경이었다. 끝날 것 같지 않은 겨울에 내가 뭘 할 수 있단 말인가! 내 말은 죽었고, 말을 빌려줄 사람도 없다. 돼지우리에서 아무 가축이나 끌어내 마차에 매어야 한다. 거기에 말이 아니라 암돼지가 있었다면 그거라도 타고 달려와야 한다. 그런 식이다. 나는 식구들을 보며 고개를 끄덕였다. 그들은 무슨 뜻인지 모른다. 말한들 곧이듣지 않을 것이다. 처방을 내리기는 쉽지만 사람들과 의사소통을 하기는 어렵다. 이쯤에서 내 왕진은 끝났다. 사람들은 또다시 나를 헛걸음하게 했다.

하지만 나는 이런 일에 익숙하다. 야간 비상벨로 내가 관할하는 지역 전체가 나를 괴롭힌다. 그러나 이번에는 로자까지 넘겨주고 말았다. 몇 해 동안 그 예쁜 소녀는 내 관심을 받지 못한 채 내 집에서 살아왔는데, 이번에는 너무 큰 희생을 치렀으니, 나는 아무리 선의를 베풀어봐야 나한테 로자를 돌려줄 수 없는 이 가족에게 붙잡혀 있지 않으려면, 스스로 방법을 찾아 면밀히 따져보고 어떤 식으로든 정리해야 한다. 그러므로 내가 왕진 가방을 닫고 털외투를 달라고 눈짓을 보낼 때 럼주 잔을 들고 냄새를 맡는 아버지, 나한테 실망해서─도대체 이들은 무엇을 기대하는 것인가?─눈물을 글썽거리며 입술을 지그시 깨무는 어머니, 잔뜩 피 묻은 손수건을 흔드는 누이, 이렇게 모든 가족이 모여 있는 자리에서 나는 상황에 따라 소년이 병들었다고 말할 태세였다.

내가 다가가자 소년은 마치 금세 기운을 차릴 수 있는 수프라도 가지고 가는 듯 나를 보고 미소 지었다. 아, 이제 말 두 마리가 힝힝거린다. 이것은 하늘이 허락하는 소리니 아무래도 진단이 쉬워지려나.

그렇게 해서 나는 이제야 발견했다. 소년은 정말로 아픈 것이었다. 그의 오른쪽 옆구리, 허리께에 손바닥만 한 크기의 상처가 있었다. 장밋빛 상처는 깊은 한가운데가 가장 진하고 가장자리로 갈수록 옅은 색을 띠었고, 뭉친 피로 군데군데가 낟알처럼 우툴두툴한 것이 파헤쳐진 광산처럼 벌려져 있었다. 멀리서 보았을 때 그랬다. 가까이에서 들여다보니 상처가 더욱 심했다. 들여다보는 순간 헉 소리를 토해내지 않을 사람이 어디 있겠는가? 본래 몸통 색에다 피가 묻어 분홍색을 띠고 크기와 굵기는 작은 손가락만 한 구더기들이 상처 속에 들러붙어 작고 흰 머리를 불빛 쪽으로 향한 채 꿈틀거리고 있었다. 불쌍한 아이야, 너를 도와줄 방법이 없구나. 나는 네 몸에서 커다란 상처를 발견했단다. 옆구리에 핀 이 꽃으로 인해 너는 죽게 될 것이다. 가족들은 흡족해하고 있다. 내가 일하고 있는 것을 보고 말이다. 누이가 어머니에게, 어머니는 아버지에게, 아버지는 까치발을 하고 두 팔을 벌려 중심을 잡으면서 열린 문으로 비쳐 든 달빛을 헤치고 들어오는 손님들에게, 내가 일하고 있다고 이야기한다.

"저를 살려주실 건가요?"

상처 속 생명체에 제압되어 소년이 흐느껴 울면서 속삭였다. 내가 사는 마을 사람들이 이렇다. 번번이 의사한테 불가능한 일을 떠맡기지. 그들은 오랜 신앙을 잃어버렸다. 신부는 집에 앉아 미사복이나 하나씩 풀어 헤치는데, 의사는 응당 매끈한 손으로 모든 것을 해내라는 것이다. 뭐, 좋을 대로 하든지. 내가 먼저 나서서 그런 것이 아니니, 너희가 나를 성스러운 목적에 이용한다면 나도 될 대로 되라는 식으로 내버려둘 테다. 내가 뭘 더 바라겠는가. 자기 집 하녀를 강제로 빼앗긴 늙은 시골 의사가 말이다. 그러자 식구들과 시골 늙은이들이 다가와 내 옷을 벗겼다. 선생이 앞장서 데려온 학교 합창대가 집 앞에서 아주 단순한 곡조로 노래했다.

　　그의 옷을 벗겨라. 그러면 그가 치료하리라!
　　그래도 낫지 않으면 그를 죽여라!
　　그건 그저 의사일 뿐, 의사일 뿐!

　나는 외투를 벗고 수염 속에 손가락을 넣은 채 머리를 갸울이고 사람들을 쳐다보았다. 나는 지극히 침착하고, 누구보다 우월한 위치에 있으며, 앞으로도 그럴 것이다. 하지만 그러한 사실 자체는 아무 도움이 못 된다. 이제 그들은 내 머리와 두 발을 잡고 나를 들어 침대 위에 데려다 놓았으니 말이다. 벽 쪽, 상처 바로 옆에 나를 내려놓고 모두 방을 나가더니 문을 닫았다. 그리고 노랫소리도 멈췄다. 구름이 달을 가리고, 이불이 따뜻하게 나를 감싸고, 창문 안으로 들이민 말 대가리들이 그림자처럼 흔들거린다.

내 귀에 대고 이렇게 속삭이는 소리가 들렸다.

"아세요? 저는 선생님을 믿지 않아요. 선생님은 자기 스스로 오신 게 아니라 여기에 떨궈진 거잖아요. 도움은커녕 죽어가는 제 잠자리만 좁히시네요. 선생님 눈을 후벼 파내면 좋겠어요."

내가 말했다.

"그래, 이건 치욕이다. 그런데 나는 의사야. 내가 무엇을 해야겠나? 이건 나에게도 쉽지 않은 일이란다."

"그런 변명 따위로 만족하라고요? 아, 그래야겠죠. 언제나 나는 만족해야 하죠. 나는 아름다운 상처를 가지고 태어났어요. 내가 가지고 온 거라고는 그게 전부죠."

"애야, 너의 단점은 통찰력이 없다는 거야. 온갖 병자들을 찾아 다니는 사람으로서 말하는데 너의 상처는 그리 심한 게 아니야. 뾰족한 뿔로 도끼를 두 번 찍어서 생긴 정도지. 많은 사람들이 옆구리를 드러내고도 숲에서 나는 도끼 소리를 못 듣지. 도끼가 자기에게 다가오는 소리는 더더욱 못 듣고."

"정말이에요? 아니면 열에 들뜬 저를 속이는 건 아닌가요?"

"정말이야. 공직 의사의 명예를 걸고 말하지."

소년은 그제야 내 말을 받아들이고 입을 다물었다. 그러나 이제는 나 자신을 구원해야 한다. 충직한 말들은 여전히 자리를 지키고 있다. 나는 윗옷이며 털외투를 주섬주섬 챙겨 뭉치고 가방을 들었다. 옷을 입느라 지체해서는 안 된다. 여기 올 때처럼 말들이 재빨리 움직여준다면 나는 이 침대에서 내 침대로 뛰어들다시피 할 것이다. 말 한 마리가 조용히 창가에서 물러났다. 나는 들고 있던 옷 뭉치를 마차로 휙 던졌는데, 털외투가 너무 멀리 날아가는 바람에 소매 한쪽만 고리에 걸렸다. 그걸로 충분하다. 나는 날듯이 말에 올라탔다. 말 두 필을 제대로 잡아매지도 못하고, 축 늘어진 가죽끈을 질질 끌면서, 마차는 제멋대로 끌려오고, 맨 끝으로 털외투가 눈 속에서 펄럭였다.

"이랴!"라고 소리쳤으나 그만큼 속력이 나지 않았다. 늙은이

들처럼 느릿느릿 황량한 눈 속을 나아갔다. 한동안 등 뒤로 아이들의 새로운 노래, 뭔가 잘못된 노래가 울려 퍼졌다.

환자들이여, 기뻐하라! 너희 침대에 의사를 뉘었으니!

이대로는 절대 집으로 돌아가지 않겠다. 승승장구하던 의사 생활이 끝났다. 내 자리를 넘보는 후임자가 있다. 하지만 그래 봐야 소용없다. 나를 대신하지는 못할 테니까. 역겨운 마부가 내 집에서 설치고, 로자는 그의 희생물이다. 그건 생각하고 싶지 않다. 벌거벗은 채 이 불운한 시대의 혹한에 맨몸으로 내던 져져, 지상의 마차에 지상의 것이 아닌 말들을 매어 늙은 나를 이리저리 몰아대고 있구나. 마차 끝에 내 털외투가 매달려 있다. 하지만 내 손끝은 거기까지 미치지 않고, 환자 주위의 불한 당들은 어느 누구도 손가락 하나 까딱하지 않는다. 속았다! 잘 못 울린 야간 비상벨에 따라 움직였으나, 결코 보상받을 길이 없구나.

굴

굴을 만들었는데 잘 파였다. 밖에서는 커다란 구멍 하나밖에 보이지 않는데, 사실 이 구멍도 어디로 이어진 것이 아니라서 몇 발짝만 걸으면 단단한 바위와 맞닥뜨리게 된다. 이런 생각을 해 냈다고 자랑하려는 것이 아니다. 오히려 무수히 많은 굴을 팠다가 이것 하나 남았는데, 이 구멍 하나는 무너뜨리지 않고 그냥 두는 게 좋겠다고 판단했다. 제 꾀에 넘어가 제 목을 조르는 일이 허다한 만큼 뭔가 있을까 하고 시선을 끄는 이 구멍을 생각한 것 자체가 대담한 발상인 것은 분명하다. 하지만 내가 겁이 많아서, 오직 그 이유 때문에 굴을 파기 시작했다고 생각하는 사람은 나를 잘 모르는 것이다.

이끼 덮개를 걷어내고 이 입구에서 천 보쯤 떨어진 지점에 진짜 통로가 나타나는데, 그야말로 세상 그 무엇보다 안전하게 만들어져 있다. 누구든 이끼를 짓밟거나 밀어버리면 들어올 수 있고, 그러면 내 굴이 다 드러나고 마는데, 마음만 먹으면―그러려면 특별한 능력이 필요하기는 하지만―밀고 들어와 모든 것을 완전히 부숴놓을 수 있다. 나는 그 사실을 잘 알고 있기 때문에 삶의 정점에 이른 지금도 평온한 시간이라고는 한순간도 느낄 수 없고, 언젠가는 저 어두운 이끼 밑에서 죽을 것이며, 자주 몽상에 잠겨 뭔가를 찾아 코를 킁킁거리며 끊임없이 돌아다니고 있다. 그리고 위쪽의 얇은 층은 단단한 흙으로, 아래는 쉽게 부스러지는 흙으로 이루어진 입구를 나 스스로 무너뜨려 막아버리고, 언제든 힘들이지 않고 새로운 출구를 만들 수 있다고 생각할 것이다. 하지만 그럴 수는 없다. 다름이 아니라 조심성 때문에 즉각 도망갈 수 있도록 만들었고, 유감스럽게도 그 조심성 때문에 꽤 자주 목숨을 건 모험을 하는 것이다. 그 모든 것을 헤아리기는 정말 괴로운 일이니, 가끔 명석한 두뇌로 느끼는 희열 때문에 계속 헤아려나가는 것이다.

나는 즉각 도망칠 수 있어야 한다. 제아무리 정신을 바짝 차리고 있다 하더라도 생각지도 못한 쪽에서 공격해올 수 있는 것 아니겠는가. 내가 내 집 가장 깊숙한 곳에서 평온한 나날을 보내고 있는 동안 적이 소리 없이 어딘가를 뚫고 천천히 내가 있는 곳으로 오고 있다. 나의 적이 나보다 더 날카로운 감각을 가졌다고 할 수는 없다. 내가 그에 대해 모르듯, 어쩌면 그도 나를 모를 것이다. 그러나 무턱대고 흙을 파헤치는 무지막지한 강도들이 있게 마련이다. 내 굴이 어마어마하게 길기 때문에 그들도 어딘가에서 내 굴과 맞닥뜨릴 수 있다. 물론 나는 내 집에 살고 있는 만큼 모든 길이 어디로 통하는지 잘 알고 있다는 점이 유리하다. 그러므로 내가 강도를 사로잡을 가능성이 더 크다. 달달하고 맛있는 먹잇감으로. 그러나 나는 늙어가는 몸이고, 나보다 힘센 사람도 많고, 적도 무수히 많으니, 어떤 적을 피해 도망치다가 또 다른 적의 올가미에 걸려들 수도 있다.

무슨 일인들 못 일어나겠는가! 어쨌든 더 이상 작업할 필요도 없고, 또 쉽게 도달할 수 있는 열린 출구가 어딘가에 있어야 한다. 아무리 가볍게 쌓아놓은 것이라도 절박한 상황에서 파다가 갑자기—부디 그런 일이 없기를 바라지만—나를 쫓는 자가 이빨로 내 허벅지를 덥석 무는 일이 없도록. 땅을 파며 나에게 다가오는 것은 바깥의 적뿐이 아니다. 땅속에도 적들이 있다. 지금까지 그들을 본 적은 없으나 그들에 관한 전설을 나는 믿고 있다. 땅속에 사는 그들의 모습은 전해지지 않는다. 그들에게 희생된 자들조차 그들의 모습을 보지 못했던 것이다. 다만 그들이 발톱으로 흙을 긁는 소리가 들리면 그들이 오고 있는 것이고, 그 순간 소리를 들은 자는 이미 사라져버린다. 그러니 자기 집에 있다기보다 그 생물의 집에 있다고 하는 것이 맞을 터이다. 저 출구가 그들로부터 나를 지켜주지 못하고, 사실 그 누구로부터도 나를 지켜주지 못하고 파멸시키겠지만, 그래도 나에게 출구는 그것 없이 살아갈 수 없는 희망이다.

이 큰 통로 말고도 바깥세상과 이어진, 숨 쉴 수 있는 공기를 공급해주는 꽤 안전한 통로가 있다. 바로 들쥐들이 만들어놓은 통로다. 나는 그 통로들을 내 굴과 연결시킬 수 있다. 나는 그 통로를 통해 멀리까지 냄새를 맡을 수 있으므로, 나를 지킬 수 있다. 또한 그 통로에는 내가 잡아먹을 수 있는 온갖 것들이 지나다니기 때문에, 내 굴을 떠나지 않고도 나는 보잘것없으나마 웬만큼 살아갈 수 있는, 작은 짐승들을 넉넉하게 사냥할 수 있는 아주 소중한 길이다.

그러나 내 굴의 훌륭한 점은 뭐니 뭐니 해도 정적이다. 물론 그러한 정적이 완전히 보장된 것은 아니다. 어느 날 갑자기 정적이 깨질 수도 있고, 그러면 다 끝장나는 것이다. 하지만 아직은 정적이 흐르고 있다. 나의 통로를 몇 시간이고 다녀봐도 작은 동물이 서걱거리는 소리나—그 소리가 나는 즉시 나는 그 동물을 내 이빨 사이에 넣어 조용히 만든다—보수를 알리는 흙 떨어지는 소리밖에 들리지 않는다. 그것 말고는 조용하다. 통로로 들어오는 숲의 공기는 포근하면서도 시원하다.

가끔 통로에서 기분 좋게 몸을 쭉 펴고 뒹굴뒹굴하기도 한다. 노후를 앞두고 이런 집을 가지고 있다는 것, 가을이 시작되는 이때 지붕을 이고 있다는 것은 참으로 멋진 일이다. 백 미터마다 공간을 넓혀서 만들어놓은 작고 둥근 광장에서 나는 몸을 웅크리고 체온을 유지하며 편안하게 휴식을 취할 수 있다. 욕구를 충족하고 집을 소유하는 목표를 달성한 나는 그곳에서 평온한 단잠에 빠져든다. 오랜 습관 때문인지, 아니면 이 집 역시 위험이 크기 때문인지 모르지만, 나는 깊은 잠을 자다가도 이따금씩 잠이 깨어 밤이나 낮이나 한결같이 고요한 이곳에서 무슨 소리가 나지 않는지 귀를 기울이다가 마음을 놓고 웃는다. 그러고 나면 온몸에 기운이 빠져서 더욱 깊이 잠든다. 겨우 낙엽 더미 속에나 기어들어 온갖 타락에 내동댕이쳐질, 들길이나 숲을 헤매는 가엾은 떠돌이들! 나는 사방이 둘러싸인 안전한 광장에 누워 있고—내 굴에는 이런 공간이 50개도 더 있다—꾸벅꾸벅 졸거나 깊은 잠에 빠져 시간을 보낸다. 그것도 마음 내키는 대로 언제든 할 수 있다.

극히 위험한 상황에서 쫓기는 것이 아니라 포위되었을 때를 대비해 굴 한가운데에서 조금 비켜난 지점에 중앙 광장을 만들었다. 거의 모든 일들이 육체노동보다 더욱 긴장되는 정신노동이었다면, 이 성곽 광장은 내 온몸으로 이뤄낸, 그야말로 힘든 육체노동의 성과였다. 몇 번이나 지쳐 다 내팽개치고 벌러덩 드러누워 굴에다 저주를 퍼붓고, 굴을 열어둔 채로 지친 몸을 이끌고 바깥으로 나가버렸다. 다시는 굴로 돌아오지 않으려고 했는데, 몇 시간 지나고 또 며칠이 지나 후회하고 돌아왔다. 그러면 굴이 멀쩡하게 있는 것을 보고 기뻐서 콧노래가 절로 나왔고, 즐겁게 새로 일을 시작했던 것이다.

계획에 따라 멋들어진 반원형 천장의 넓은 광장을 만들려고 하는 곳은 꼭 지반이 약한 모래땅이어서 그 땅을 단단히 다지느라 부득이하게도—아무 이득 없는 헛된 작업이었다는 뜻이다―일이 가중되었다. 그 작업에 내가 동원할 수 있는 것은 내 이마뿐이었다. 몇 날 며칠 동안 수천수만 번이나 이마를 땅에 짓찧었다. 이마가 깨져 피가 나면 되레 행복했다. 벽이 단단해지기 시작했다는 증거였기 때문이다. 그렇게 해서 나는 성곽 광장을 만들었다.

나는 이 성곽 광장에 저장물을 모아둔다. 당장 필요한 것들뿐 아니라 굴속에서 잡은 것이나 밖에서 사냥한 것들까지, 모든 것들을 여기에 쌓아둔다. 반년 치를 저장해도 남을 만큼 광장은 넓다. 그래서 나는 저장물들을 늘어놓고 그 사이를 어슬렁거리며 가지고 놀기도 하고, 엄청난 양을 눈으로 확인하고 냄새를 맡으며 즐거워하고, 무엇이 어디에 얼마나 있는지를 항상 알 수 있다. 그러므로 계절에 따라 새로 배치할 수 있고, 사냥 계획을 세우거나 예산을 짜볼 수 있다. 양식 걱정이 없으니 먹는 데 별 관심이 없어서 스쳐 가는 작은 것들에는 손도 대지 않는데, 어쨌든 이것은 다른 면에서 신중하지 못한 행동이다.

방어에 몰두하다 보니 굴을 완벽하게 이용하기 위한 생각들이 자연스럽게 변화 발전했다. 좁은 범위 내에서 그런 것이기는 하지만. 그러다 보니 성곽 광장을 토대로 방어를 한다는 것이때로는 위험하게 생각된다. 굴이 다채로운 만큼 다양한 가능성을 생각해볼 수 있지 않은가. 작은 광장 몇 개에 저장물을 나눠서 보관하는 것이 더욱 신중한 방법인 듯했다. 그래서 나는 매 통로의 세 번째 광장을 예비 저장소, 네 번째 광장을 주저장소, 두 번째 광장을 부저장소나 그와 비슷한 곳으로 정했다. 아니면 눈속임으로 저장물을 쌓아 통로 몇 개를 완전히 막아버리든가, 훨씬 더 나아가 중앙 출구를 기준으로 위치를 따져서 광장 몇 개만 택하는 것이다. 어쨌든 새로운 계획에는 곧잘 고된 운반 작업이 따르고, 새로 따져보고는 짐들을 이리저리 나른다.

물론 나는 볶아치지 않고 조용히 일을 해내고, 맛있는 것을 입에 물고 한껏 냄새를 맡으며 나르다가 좋은 곳이 나타나면 거기에서 야금야금 먹는 것도 썩 나쁘지 않다. 더 나쁜 것은 이따금 깜짝 놀라서 잠이 깨어 지금처럼 나누어 보관하는 것은 여지없이 큰 위험을 초래할 수 있으니 졸리고 피곤하더라도 얼른 수습해야 한다는 생각이 들 때다. 그러면 나는 급히 움직이고, 날 듯이 돌아다니고, 그러면 헤아려볼 여유가 없는 것이다. 바로 지금 아주 치밀한 계획을 실행하고자 하는 나는 입 닿는 대로 무작정 물고 끌고 나르고, 한숨 쉬고 앓는 소리를 내며, 여기저기에 걸려서 비틀거리는데도 오직 너무너무 위험해 보이는 지금 상태를 바꾸려는 생각뿐이다. 그러다 조금씩 정신이 들면 내가 무엇 때문에 급히 몰아쳤나 싶고, 내가 망가뜨린 내 집의 평온한 공기를 들이마시고, 잠자리로 돌아가 이내 곯아떨어진다. 나중에 깨어보면 어느새 꿈이었나 싶은데, 밤일의 증거로 이빨에 쥐 같은 것이 한 마리 걸려 있는 것이다.

그러다 다시 양식을 한곳에 보관하는 것이 가장 좋겠다는 생각이 들 때가 있다. 작은 광장에 보관하는 것이 무슨 도움이 되겠는가. 얼마나 보관할 수 있을 것이며, 무엇을 가져다 놓든 길을 막을 수밖에 없으므로 나중에 방어하려고 달려갈 때 되레 방해가 될지 모른다. 비록 어리석은 생각이기는 하지만 그것 말고도, 양식을 한곳에 모아놓지 않으면 내가 가진 것을 한눈에 보면서 뿌듯함을 느낄 수 없다. 너무 많이 분산해서 보관하다 보면 많이 잃어버리기도 하지 않겠는가. 모든 것이 빠짐없는지 확인하려고 복잡한 통로를 돌아다닐 수는 없다. 양식을 나눠서 보관하는 것 자체는 틀린 생각이 아니다. 하지만 그러려면 성곽 광장 같은 광장이 여러 개 있어야 한다. 당연하다. 하지만 그걸 누가 만들겠는가. 더구나 지금의 설계도로는 그런 광장을 몇 개

더 추가할 수 없다.

무엇이든 하나만으로는 늘 부족하게 마련이듯이 그것이 내 굴의 단점이라는 것을 인정한다. 그리고 솔직히 말하면 굴을 파면서 어렴풋이—하지만 내가 제대로 인식하고자 하는 의지가 있었다면 분명하게 떠올랐을 것이다—성곽 광장이 여러 개 필요하다고 느꼈지만 그것을 무시했다. 너무나 엄청난 작업이어서 그것을 감당하기에는 내 자신이 너무나 나약했기 때문이다. 그렇다. 작업의 필연성을 생각할 수조차 없을 만큼 약했던 것이다. 어쨌든 그런 정도의 어렴풋한 느낌으로 스스로를 위로하고 넘어갔는데, 여느 경우와는 달리 그 느낌으로 충분하지 못했던 적이 단 한 번 있다. 땅을 다지는 망치인 내 이마를 소중히 보호해야 한다는 것이었다. 그렇게 해서 성곽 광장 하나만 만들게 되었는데, 하나로는 충분하지 않다는 느낌을 떨쳐버릴 수 없는 것이다.

어쨌든 나는 성곽 광장 하나로 만족할 수밖에 없고 작은 광장은 그것을 대신할 수 없으니, 이런 생각이 피어오를 때마다 나는 작은 광장에 있는 것들을 모두 성곽 광장으로 끌어다 놓는 것이다. 그러고 나면 한동안은 모든 광장과 통로가 트여 있고,

나는 성곽 광장에 쌓인 고기 더미 하나하나에 매혹되어, 많은 것들이 섞인 냄새를 멀리, 맨 바깥 통로에서도 명확하게 분간할 수 있는 것을 확인하고 웬만큼 위로가 되었다. 그러면 바깥 가장자리에 있던 잠자리를 점점 안쪽으로 옮겨가고, 점점 더 진하게 풍겨오는 냄새를 참지 못하고, 어느 날 밤 성곽 광장으로 뛰어가 양식 더미를 마구 뒤적여 내가 가장 좋아하는 것들을 배가 터질 때까지 먹으며 더없이 평화로운 시간을 보내는 것이다. 행복하지만, 위험한 순간이다. 그것을 빈틈없이 이용할 줄 아는 자라면 자신을 위험에 빠뜨리지 않고 손쉽게 나를 제거할 수 있으리라. 이런 점 때문이라도 제2, 제3의 광장이 없다는 것은 위험하다. 나를 유혹한 것도 한꺼번에 쌓아둔 이 커다란 양식 더미이니 말이다. 그 점에 대해 다양한 방비책을 찾아보았다. 작은 광장에 나누어 쌓아놓는 것도 그중 하나였는데, 아쉽게도 그와 유사한 다른 대책들처럼 단점이 있어서 더 큰 열망에 사로잡히는 것이다. 그러한 자각이 한꺼번에 밀려올 때면 그 목적에 맞춰 방비 계획을 닥치는 대로 바꿔버리려는 열망 말이다.

그런 시기가 지나가면, 마음을 추슬러 개수 작업에 들어가고 나서 비록 잠깐이기는 하지만 가끔씩 굴 밖으로 나간다. 굴 밖에 오래 있는 것은 내 자신에게 너무나 가혹한 벌 같지만, 가끔은 바람을 쐴 필요가 있다. 출구 가까이 가면 늘 숙연해진다. 집 안에서 지낼 때 나는 출구에서 멀리 떨어져 있고, 심지어 출구로 이어지는 통로 끝에 발을 디디지도 않는다. 그쯤에서는 돌아다니기가 쉽지 않다. 더구나 완전한 지그재그 형태의 작은 통로를 만들어놓았기 때문이다.

공사를 시작한 것이 거기였는데, 그때만 해도 계획대로 공사를 끝낼 수 있을지 확신이 서지 않았다. 그래서 반쯤 장난삼아 이 작은 모퉁이에서 시작해봤는데 첫날 재미에 푹 빠져 미로 구조를 만들게 되었다. 하지만 당시에는 모든 건축물의 꽃이라고 생각했던 것이 지금은 전체 구조와 어울리지 않는 너무 작은 집 짓기 놀이에 지나지 않았다는 생각이 든다. 그리고 그게 더 맞는 말일 것이다. 이론적으로는 가치 있는 것인지 모르겠으나—그때 나는 있지도 않은 적을 향해 여기 내 집 입구가 있다고 말하면서 어느새 미로에서 질식해 쓰러지는 그들의 모습이 눈앞에 보이는 듯했다—실제로는 손장난에 지나지 않을 정도로 벽이 너무 얇아서 진짜 공격해오거나 목숨 걸고 돌진하는 적을 막아낼 수 없었던 것이다. 그러므로 이 부분을 새로 만들 것인지 결단을 내리지 못하고 망설이고 있는데, 아직 그대로 있다. 그것은 엄청난 작업량을 차치하더라도 가장 위험한 작업이기 때문이다.

집을 짓기 시작할 때만 해도 그곳은 비교적 안전했고, 다른 곳에 비해 위험도 거의 없었다. 그러나 지금 공사한다면 굴 전체에 사람들의 관심이 집중되는 것이나 마찬가지여서, 이제는 할 수가 없다. 한편으로 처음 만든 작품을 예리하게 비판할 수 있는 안목이 생겨 기쁘기도 하다. 하긴 대규모 공격에는 어떤 입구가 나를 구하겠는가. 입구를 속여 다른 곳으로 주의를 돌리면서 공격자를 골탕 먹일 수는 있지만, 다급한 상황에서는 공격자 역시 다 하는 것이다. 그리고 정말 큰 공격을 가해온다면 나는 즉시 굴 전체에서 동원할 수 있는 모든 수단과 육체 및 정신적으로 온 힘을 다해 맞설 방도를 찾아야 한다. 이것은 명백한 사실이다. 그러니 이 입구 또한 그냥 두어도 될 것이다. 어차피 굴 자체가 원래 결함이 많은 것이니, 내가 만든, 뒤늦게나마 명확하게 인식한 이런 결함도 별 문제 없을 것이다. 더구나 나는 이 결함으로 불안해하지 않는다. 평소 산책하면서 이 부분을 멀리하는 것은 이 결함이 내 머릿속을 어수선하게 하기 때문이다. 저 위쪽 입구에 제아무리 없애버릴 수 없는 결함이 있다 해도 보지 않으면 되는 것이다. 출구 쪽으로 가기만 해도, 아직 통로와 광장들을 사이에 두고 있는데도, 나는 벌써 큰 위험에 빠진 것 같고, 가끔은 내 가죽이 점점 얇아져서 곧 벌거벗은 맨살로 거기 서 있는데 반갑다는 듯 포효하는 적과 맞닥뜨릴 것만 같다. 출구, 즉 나를 보호해줄 집이 끝났다는 것 자체로 그런 기분을 느끼는 것인데, 특히 나를 괴롭히는 것은 이 입구다. 가끔 나는 엄청난 힘을 발휘해 하룻밤 만에 몰래 입구를 완전히 다르게 고쳐놓고 이제는 절대 침범하지 못한다고 느끼는 꿈을 꾼다. 단잠에 빠지면 그런 꿈을 꾸게 되는데, 깨어보면 기쁨과 구원의 눈물이 수염에 반짝이는 것이다.

그러므로 외출은 미로의 고통을 육체적으로 극복하는 것이다. 하지만 가끔 내가 만든 구조물 속에서 잠시 길을 잃을 때면, 다시 말해 오래전에 이미 판단을 내린 이 작품이 아직도 나에게 존재의 정당성을 증명하려고 애쓰는 것처럼 보일 때면, 나는 화가 나면서도 감격스럽다. 그러고 나서 종종 이끼 덮개 밑에서—그처럼 나는 오랫동안 집 안에 틀어박혀 꼼짝도 하지 않는다—나는 숲의 땅에 몸을 붙이고 한 번의 꿈틀거림으로 대번에 다른 곳으로 간다. 이렇게 살짝 움직이는 것조차 오래 하지 못한다. 오늘 그것을 버리고 떠나도 분명 돌아오게 마련인데도, 그러면 두 번 다시 입구의 미로를 극복하지 못할까 봐 그러는 것이다. 오늘 떠났다가 반드시 되돌아올 것인가? 어떻게? 너의 집은 보호되고 차단되어 있다. 너는 잘 먹고 따뜻한 곳에서 평화롭게 살고 있다. 수많은 통로와 광장의 주인으로, 이 모든 것을 희생하고 싶지 않겠지만 어느 정도는 감당할 것인가? 딴다는 보장은 있지만 너무 많은 돈을 걸어야 하는 도박을 시작할 것인가? 그것이 합당하다는 근거가 있는가? 아니다. 합당한 근거가 있을 수 없는 일이다. 하지만 그런데도 나는 조심스럽게 벼락닫이를 올리고 밖으로 나와 조심스럽게 다시 내리고 힘차게 달린다. 있는 힘껏 빨리, 믿음을 저버린 곳을 떠난다.

그러나 나는 진정으로 밖에 나와 있는 것이 아니다. 비록 통로가 마음을 억압하지도 않고, 확 트인 숲에서 먹이를 사냥하며, 굴, 심지어 성곽 광장에서도, 열 배 더 컸더라도 들어설 자리가 없었던 새로운 힘이 솟구치는 것을 느끼면서도 말이다. 또한 밖에서는 먹거리도 훨씬 더 좋다. 사냥하기 쉽지 않고, 성과는 훨씬 적었으나 결과적으로는 어느 모로 보나 더 나았으니,

나는 그 모든 것을 받아들이고 그것을 깨닫고 누릴 줄 안다. 적어도 다른 이들만큼, 아니 더 잘한다. 그도 그럴 것이 나는 떠돌이들처럼 경망스럽거나 절박하지 않고 아주 안정되고 체계적으로 사냥한다. 또한 나는 얽매이지 않는 삶을 누릴 운명이 아니라 나의 시간은 재어져 있으며, 내가 끊임없이 사냥을 해야 하는 것이 아니라, 말하자면 내가 바라거나 여기에서 살기 지쳤을 때, 누군가 나를 부르면 그의 초대를 거역하지 않으리라는 것도 안다. 그러므로 나는 이곳에서 삶을 빠짐없이 누리고, 걱정 없이 시간을 보낼 수 있다. 아니, 더 정확히 말하면 그럴 수 있는데도 나는 그러지 못한다. 굴 때문에 나는 너무 바쁘다. 황급히 입구를 떠나지만 나는 곧 되돌아온다. 몰래 숨기 좋은 곳을 찾아내 집 입구를 엿본다. 이번에는 밖에서, 몇 날 며칠 밤을. 어리석다고 해도 상관없다. 이루 말할 수 없이 기쁘고 안심이 되기 때문이다. 그럴 때면 나는 내 집 앞이 아니라 내 자신 앞에 서 있는 것 같다. 깊이 잠든 동안에도 내 자신을 날카롭게 지켜볼 수 있었으면 좋겠다. 나한테는 웬만큼 뛰어난 능력이 있으니, 밤 귀신들을, 잠에 빠져 무력하고 쉽게 믿는 것이 아니라 그야말로 멀쩡한 정신과 판단력으로 볼 수 있는 것이다. 그리고 이상하게도 내가 자주 믿었던 것처럼, 또 내 집으로 돌아가면 분명히 다시 믿게 되겠지만, 내 상태가 나쁘지 않다고 여긴다. 다른 점에서도 그렇지만, 특히 이 점 때문에 반드시 바람을 쐬야 한다.

정말 신중하게 따져본 끝에 외진 곳에 입구를 만들었는데도 일주일 동안 관찰해보니, 그곳에서 왕래가 꽤 잦았다. 하지만 살 만한 곳이라면 어디든 그 정도 왕래가 없겠나 싶고, 심지어 자주 왔다 갔다 하면 그냥 지나치게 되므로, 아주 한적한 곳을 천천히 구석구석 뒤지는 최고의 첫 침입자에게 내맡기는 것보다 차라리 왕래가 많은 곳이 한결 나을 것이다. 이곳에는 적이 많고 적과 비슷한 유는 더 많지만, 그들끼리 싸우기도 하므로 거기에 정신이 팔려 굴은 그냥 지나쳐버린다. 굴 입구를 지켜보는 동안 굴을 찾는 이가 아무도 없었으니, 그에게나 나에게도 다행이었다. 누군가 굴을 찾았다면 내가 굴을 걱정한 나머지 이성을 잃고 그의 목을 향해 달려들었을 것이다. 물론 눈앞에 보이지도 않고 낌새만 느껴도 그 근처에 얼씬거리지 못하고 도망쳐야 하는 족속도 있다. 그들이 굴을 어떻게 하는지는 볼 수 없지만, 곧 돌아와서 보면 아무도 없고 입구도 훼손되지 않은 것으로 보아 안심해도 될 것 같다. 세상이 더 이상 나에 대해 적의를 품지 않거나 누그러졌다고, 혹은 굴이 위력을 발휘해 말살에 대한 투쟁으로부터 나를 구해주었다고 말할 뻔했던 행복한 때도 있었다.

어쩌면 굴은 애초에 내가 생각했던 것이나 굴속에서 만만하게 여겼던 것 이상으로 나를 지켜주고 있는 것 같다. 가끔은 굴로 돌아가지 않고, 입구 주변에 터를 잡고 평생 입구나 지키고 살면서, 굴속이 얼마나 확실하게 나를 지켜줄 수 있을지 끊임없이 눈으로 확인하는 데서 행복을 찾고 싶다는 유치한 생각에 사로잡히곤 한다. 그런데 유치한 꿈을 깨우는 것이 있다. 여기서 관찰하는 게 뭐가 안전하다는 말인가? 굴속에 도사리고 있는 위험을 밖에서 판단할 수 있단 말인가? 내가 굴속에 있지 않으면 적들이 나의 냄새를 더 잘 맡지 않겠는가? 굴속에 있어도 조금은 나겠지만 확실하게 맡지는 못한다. 보통 냄새부터 모조리 맡으면 위험한 것 아닌가? 그러므로 밖에서 시도하는 것의 절반이나 10분의 1이면 충분하다. 안심하기에, 그리고 더 나아가 방심으로 더없는 위험에 맞닥뜨리기에. 아니다. 내가 믿었듯이 내가 잠자고 있는 나를 관찰하고 있는 것이 아니라 파괴자가 잠든 나를 지켜보는 것이다. 파괴자는 어쩌면 별 생각 없이 입구

앞을 서성거리면서 나처럼 문이 멀쩡하다는 것만 확인하며 공격의 때를 노리고 있고, 집주인이 안에 없다는 것을 알고 있거나, 어쩌면 집주인이 어수룩하게도 근처 덤불에 숨어 동태를 살피고 있다는 것을 알면서 지나쳐 가는 자들 중 하나일 것이다. 그래서 나는 관찰하던 곳을 떠나자 바깥 생활이 넌더리 났고, 더 이상 얻을 게 없는 듯 느껴졌다. 지금은 물론 이후에도 그럴 것이다.

여기 있는 모든 것을 버리고 굴속으로 돌아가 다시는 나오지 않으면서, 쓸데없는 관찰은 하지 않고 세상만사 흘러가는 대로 내버려두고 싶다. 하지만 오래도록 입구에서 무슨 일이 일어나는지 지켜보고 있자니 습관 따위 온데간데없이 사라지고, 그 자체로 주의를 끌 수밖에 없는, 입구를 내려가는 일을 실행하면, 내 등 뒤, 이어서 닫힌 벼락닫이 문 주위에서 무슨 일이 일어날지 모른다는 생각에 괴롭다. 우선 폭풍이 몰아치는 밤에는 노획물을 휙 던져본다. 성공한 것 같은데 직접 내려가서 보지 않고서야 정말 성공했는지 알 수 없다. 더 이상 알 수 없을 것이며, 안다 해도 너무 늦을 것이다. 그래서 나는 포기하고 내려가지 않는다. 나는 땅을 판다. 진짜 입구에서 충분히 떨어진 지점에 시험 삼아 굴을 파보는 것이다. 그것은 내 몸 길이보다 짧고 역시나 이끼로 덮여 있다. 나는 굴로 기어 들어가 등 위로 그것을 덮고 신중하게 기다리면서 하루를 길고 짧은 시간들로 나눠서 헤아린다. 그러고 나서 이끼를 걷어내며 기어 나와 나의 관찰을 기록한다.

나는 온갖 좋고 나쁜 일을 다 겪었지만 내려가는 것에 대한 보편적 법칙이나 명확한 방법을 찾지 못하고 있다. 그래서 나는 아직 입구로 내려가지 못하면서도, 머잖아 내려갈 수밖에 없다는 절망감에 사로잡혀 있다. 까딱하다가는 아주 멀리 떠나 옛날처럼 암담한 삶으로 다시 돌아가기로 마음먹을 것 같다. 안전은 전혀 보장되지 않고 어디나 위험하기는 마찬가지인 삶, 하지만 안전한 내 굴과 다른 삶을 끊임없이 비교함으로써 깨달을 수 있는 것처럼, 단 하나의 위험을 또렷이 보면서 두려워할 필요 없는 삶으로 말이다. 너무 오래 부질없는 자유를 누리다 보니 말도 안 되게도 그런 바보 같은 생각을 하게 되었으리라. 굴은 여전히 내 것이고, 한 걸음만 나아가면 나는 안전하다. 그러면 나는 환한 대낮에 모든 의구심을 떨쳐버리고 단숨에 문으로 돌진한다. 이번에야말로 반드시 들어 올리리라 결심하고. 하지만 나는 그러지 못하고, 그곳을 지나쳐 가시덤불에 처박힌다. 나 자신을 벌주려고, 나 자신도 모르는 죄에 대한 벌로. 그러고 나면 어쨌든 나는 결국 이렇게 말한다. 그래도 내 생각이 맞다고. 내가 가장 소중히 여기는 것을 땅바닥, 나무 위, 공중, 사방의 모든 것들 앞에 잠깐이나마 완전히 드러내지 않고서는 절대 내려갈 수 없다고.

위험은 상상이 아니라 지극히 현실적인 것이다. 나를 발견하고 나를 따라오는 자는 분명 진짜 적이 아닐 것이다. 누가 됐든 세상 물정 모르는 조그만 것, 호기심으로 나를 따라오다가 자기도 모르게 나의 적인 세상의 안내자가 되어버리는 그런 밉살스러운 작은 생물체일 것이다. 그 반대라 해도 다른 것만큼이나 좋지 않다. 어떤 점에서는 아주 안 좋은 것인데—어쩌면 그것은 나와 같은 종류로, 건축물에 일가견이 있고, 숲 속의 은자 혹은 평화주의자이지만 자기가 집을 짓지는 않으면서 집에 살려는 난폭한 깡패일 것이다. 지금 당장 그런 자가 오면, 더러운 야욕을 품은 자가 입구를 발견한다면, 이끼를 들어 올리려고 한다면, 그래서 결국 성공한다면, 나 대신 들어가기라도 한다면, 이미 그의 엉덩이만 살짝 보일 만큼 쑥 들어갔다면, 그렇게 되어 결국 내가 망설이고 말고 할 겨를도 없이 미친 듯이 쫓아가서, 그자에게 달려들어 물어뜯고 들이받고 갈기갈기 찢어서 남김없이 빨아 먹고 찌꺼기는 다른 사냥물 더미에 쑤셔 넣는다면, 그리고 무엇보다 가장 중요한 문제인데, 결국 내가 다시 굴속으로 들어가, 기뻐하며 미로에 감탄하기라도 한다면, 하지만 일단 머리 위로 이끼를 끌어내리고 쉬려 한다면, 생각건대 남은 내 삶을 온전히.

그러나 아무도 오지 않고 내가 믿을 수 있는 건 나 자신뿐이다. 줄곧 어려운 일에 매달리다 보니 겁이 없어져서, 겉으로는 입구를 멀리하지 않고 그 주위를 돌아다니는 것이 가장 즐거운 취미처럼, 어느새 마치 내가 침입할 기회를 엿보는 적이라도 된 듯한 형국이다. 내가 믿고 망보는 일을 맡길 만한 누군가가 있다면 나는 안심하고 내려갈 수 있다. 내가 성공적으로 내려갈 때까지 유심히 지켜보고, 위험한 낌새가 있다 싶으면 얼른 이끼 덮개를 두드리되, 그 외에는 어떤 것도 하지 말라고 그와 합의할 텐데. 그러면 내 머리 위에서는 모든 문제가 깔끔하게 처리되리라. 내가 믿는 그자 말고는 아무것도 남아 있지 않은 것이다.

하지만 그가 상응하는 뭔가를 요구하지 않는다 해도, 최소한 굴을 보려고 하지 않겠는가. 아무나 내 굴에 들이는 것은 아주 곤혹스러운 일이다. 나를 위해 판 것이지 방문자를 위해 판 것이 아니므로 그를 들일 수는 없으리라. 나를 굴에 들어가게 해준 대가로 그를 들일 수는 없으리라. 아니, 나는 절대 그를 들이지 않으리라. 그러면 그 혼자 들어가거나 나랑 같이 내려가야 하는데, 혼자 들여보내는 건 상상도 할 수 없고, 같이 내려가면 그가 내 뒤를 망볼 수 없지 않은가. 그리고 신뢰는 어떤가? 믿는 사람이 눈에 보이지 않는데도, 이끼 덮개가 우리를 갈라놓고 있는데도 믿을 수 있을까? 서로 동시에 감시하거나 그렇게 할 수 있을 때는 비교적 신뢰하기 쉽고, 어쩌면 멀리 있어도 신뢰할 수 있겠지만, 굴속, 그러니까 바깥에 있는 누군가를 절대적으로 신뢰할 수는 없다. 하지만 의심은 차치하더라도, 내가 내려가는 중이나 내려가고 나서, 내가 믿는 그 사람이 의무를 다하지 못하게 될 우연한 사건은 수없이 많고, 그가 조금이라도 그렇게 되는 날에는 내가 어떤 예상치 못한 결과에 맞닥뜨리게 될지 생각해보는 것만으로 충분하다.

그 모든 것을 종합적으로 생각하면 믿을 만한 사람이 없고 오직 나 혼자라는 사실은 조금도 한탄할 게 못 된다. 그런 사람이 없는 것은 불리한 점이 아니라 손실을 피하는 것이다. 믿을 만한 것은 굴과 나 자신뿐이다. 이 사실을 조금 더 일찍 깨닫고, 지금 골몰하는 이 일에 대해 방비책을 마련했어야 했는데. 굴을 파기 시작했을 때는 일정 부분 할 수 있었을 텐데. 첫 번째 통로에 적당한 간격을 두고 입구를 2개 만들었어야 했는데. 그러면 피할 수 없는 온갖 번거로운 상황들을 헤치고 입구 하나를 내려가 얼른 첫 번째 통로를 달려가 두 번째 입구에서 목적에 맞게 설치된 이끼 덮개를 살짝 올리고 며칠간 정황을 살펴볼 수 있을 텐데. 그렇게 하면 혼자서도 순조로울지 모른다. 입구가 2개면 위험이 두 배로 늘어나는 것도 사실이지만 그런 생각은 접어두겠다. 정찰용 입구는 아주 좁아도 상관없으니까. 그렇게 해서 나는 기술적인 문제에 골몰하며 또다시 완벽한 건축을 꿈꾸기 시작하고, 그럴 때면 안심이 되고, 편안한 마음으로 두 눈을 감고 무아경에 빠지면 남들 눈에 띄지 않고 몰래 드나들 수 있는 건축물을 만들 가능성이 확실해지기도 하고 불분명하기도 하다.

여기 누워 그런 생각을 하다 보면 가능성이 매우 크다고 여기게 된다. 하지만 기술적으로 그렇다는 것이지 현실적인 이점을 말하는 건 아니다. 그도 그럴 것이 아무 장해 없이 몰래 드나

드는 것, 대체 이것이 뭐란 말인가? 그것은 불안감, 불분명한 자기 평가, 불순한 욕망, 마음을 열면 언제든 평화를 불어넣어 줄, 여기에 엄연히 존재하는 굴 앞에서 못된 생각을 한다는 뜻이다. 하지만 지금 나는 그 굴 밖에서 그곳으로 다시 갈 수 있을지 따져보고 있다. 그러려면 기술적인 장치가 필요하다. 그러나 어쩌면 그 정도까지는 아닐지도 모른다. 굴을 들어갈 수 있는 안전한 구덩이로 본다면, 그것은 일시적인 신경과민의 불안감에 사로잡혀 굴을 지나치게 과소평가하는 것 아닌가? 분명 굴은 안전한 구덩이고 또 그래야 하는데, 내가 위험에 빠졌다고 생각하면 나는 이를 악물고 한껏 결의에 차서 이 굴이 다름 아닌 내 생명을 구해줄 구멍이며, 명백한 이 의무만 최대한 완벽하게 다해주면 다른 모든 역할은 하지 않아도 된다는 생각이 든다. 하지만 사실 굴은—어려움이 크다 보면 현실을 외면하게 마련이나 위협을 받는 동안에도 현실을 볼 줄 아는 눈을 가져야 한다—웬만큼 안전하기는 하나 완벽하지는 않은 것이, 그 안에 있다고 걱정이 완전히 가시기야 하겠는가. 다른 것보다 더 강하고 다양하며 마음속에 수시로 똬리를 틀고 있는 근심이지만, 사람의 진을 빼기는 밖에서 생활할 때와 진배없을 것이다.

오직 생명의 안전만을 생각한다면, 내가 기만당한 것은 아니겠지만, 엄청난 작업에 비해 실제 안전이 적어도 내가 느끼는 한에서는 유리하지 않다. 인정하기는 몹시 힘들지만 그렇게 말할 수밖에 없다. 바로 저 입구, 주인이자 건축가인 내 앞에서 스스로 봉쇄하고 그야말로 감춰진 저 입구 앞에서. 그리고 굴은 구명(救命)의 구멍인 것만은 아니다. 높다랗게 쌓여 있는 사냥물 고기에 둘러싸여, 여기서부터 시작되어 전체 공간에 맞게 각기 내려앉거나 솟은, 똑바로 뻗었거나 굽은, 넓거나 좁은, 하나같이 텅 비고 적막한, 각기 나름대로 역시나 텅 비고 적막한 광장들로 연결된 10개의 통로를 마주하고 성곽 광장에 서 있으면 안전 따위는 까맣게 잊어버린다. 이때 내 머릿속에 또렷이 떠오르는 것은, 단단한 바닥을 긁고 물어뜯고 다지고 짓찧어 만든 여기 나의 성곽 광장, 절대 누구의 것도 될 수 없고, 막판에는 적으로부터 치명적인 상해를 입어도, 땅바닥에 떨어진 내 피는 지워지지 않을 것이니, 침착하게 인정할 수 있는 나의 것, 나의 성곽 광장이라는 점이다.

그리고 이 통로에서 정말 확실히 편하게 몸을 쭉 뻗고, 아이처럼 몸을 뒹굴고, 꿈결처럼 누워 있을 수 있다. 축복 받은 죽음을 위한 이 통로에서 반은 평온하게 잠들고, 또 반은 흐뭇하게 깨어 보내는 아름다운 시간들이 의미 있는 것 아니겠는가. 그리고 하나하나를 또렷하게 알고 있는 작은 광장, 다 똑같지만 내가 두 눈을 감고 벽의 돌출된 부위만 만져봐도 또렷이 분간할 수 있는 곳, 그곳들이 평온하고 따뜻하게 나를 둘러싸고 있다. 새를 감싸고 있는 그 어떤 둥우리보다 더. 그리고 사방이 조용하고 텅 비어 있다.

하지만 이런 상황에서 나는 왜 머뭇거리는 것일까? 왜 다시는 굴을 볼 수 없을지도 모른다는 생각보다 침입자를 더 두려워하는 것일까? 하지만 다시는 내 굴을 보지 못한다는 건 있을 수 없는 일이니, 굴이 나에게 어떤 의미인지를 너무 깊이 생각할 필요는 없으리라. 내가 아무리 불안해해도 내 굴은 고요하고, 나는 거기에서 평온하게 살 수 있고, 온갖 의구심을 억누르고 입구를 열어볼 필요가 없을 만큼 나와 굴은 하나이니, 그저 가만히 기다리고 있으면 되는 것이리라. 그 무엇도 우리를 영원히 떼어놓을 수 없고, 결국은 내가 무슨 방법을 써서라도 반드시 내려갈 테니까. 하지만 그때까지 얼마나 오랜 시일이 걸릴지, 그동안 얼마나 많은 일이 일어날지? 여기나 저 밑에서나. 그

러니 시간을 단축해 꼭 해야만 하는 일을 곧바로 하느냐 마느냐
는 오직 나 자신에게 달려 있다.

그렇게 해서 이제는 더 이상 생각하기도 지쳐서, 고개를 떨구
고 반쯤 멍하게 불안한 걸음걸이로 걷는다기보다 더듬으면서
입구까지 다가가서 가만히 이끼를 들어 올린다. 천천히 내려간
다. 방심한 나머지 너무 오래 입구를 열어놓는다. 그러고는 잊
은 게 떠올라 그것을 가지러 다시 올라가려고 한다. 그러나 뭣
하러 올라가겠는가? 이끼 덮개만 닫으면 되는데. 좋다. 그래서
나는 다시 내려가 급기야 이끼 덮개를 닫는다. 오직 이렇게 해
야만 나는 이 일을 해낼 수 있다. 그러고 나서 피와 육즙에 흥건
히 젖은 채 사냥물 더미 위에 눕는다. 그토록 바라던 잠을 잘 수
있으리라. 나를 방해하는 것 하나 없고, 나를 쫓아오는 것 하나
없다. 아직은 이끼 위도 조용한 듯하다. 설령 조용하지 않은들
더 이상 내가 관찰할 수 없으리라.

나는 장소를 바꾸었다. 위의 세계에서 내 굴속으로 들어왔으
며, 어느새 굴의 영향력을 느낀다. 이곳은 새로운 힘을 솟게 하
는 새로운 세계이므로, 위에서는 피로하던 것이 여기서는 그렇
지 않다. 나는 여행에서 돌아온 것이다. 너무 힘들고 쓰러질 듯

고단하지만, 예전에 살던 집을 다시 본다는 것, 내가 정리해야 할 작업들, 곧바로 대충이라도 모든 방을 둘러보아야 한다는 사실, 무엇보다도 얼른 성곽 광장으로 달려가야 한다는 사실, 그 모든 것 앞에서 나는 피로를 느끼는 대신 부지런하고 열성적으로 바뀌니, 굴에 발을 디딘 순간 마치 긴 단잠을 자고 일어난 것 같다.

우선 해야 할 작업을 하려면 있는 힘을 짜내야 한다. 벽이 얇고 좁은 미로를 거쳐 사냥물을 가져와야 했던 것이다. 온 힘을 다해 밀고 오니 되기는 한다. 하지만 아주 느렸고, 빨리 나아가기 위해 고깃덩이 일부를 잘라서 남겨두고, 그것을 타 넘고, 헤치고 밀고 나간다. 이제 마지막 남은 한 토막을 밀고 가기는 훨씬 쉽다. 하지만 그렇게 혼자 지나다니기도 쉽지 않은 비좁은 통로에 잔뜩 쌓인 고깃덩이에 둘러싸여 있으니, 내 양식에 눌려 숨 막혀 죽을 지경이다. 그래서 가끔 먹고 마심으로써 쏟아지는 양식으로부터 나를 지킬 수 있다. 하지만 운반한다. 너무 오래 걸리지 않아 운반이 끝난다. 미로를 빠져나와 한숨을 내쉬며 일반 통로에 들어서서, 연결 통로를 거쳐 이러한 경우를 대비해 일부러 경사를 가파르게 만든 중앙 통로를 통해 성곽 광장까지 몰고 간다. 그러고 나면 나머지는 일도 아니다. 이제는 전부 다 저절로 굴러떨어지는 것이다.

드디어 나의 성곽 광장에 도착했다. 드디어 쉴 수 있다. 모든 것이 그대로다. 큰 손상을 입은 것 같지는 않다. 눈에 띄는 자잘한 손상이야 금방 보수하면 되고, 일단 오래도록 통로를 걸어본다. 이건 힘든 일이 아니다. 친구들과 담소를 나누는 것처럼. 예전에 그랬던 것처럼. 혹은—나는 아직 많이 늙지는 않았지만 많은 기억이 흐릿해졌으니—그러곤 했다고 들은 것처럼. 두 번째 통로부터는 천천히 걷는다. 성곽 광장을 봤으니 시간은 한없이 많다. 굴속에서 시간은 한량없다. 거기서는 모든 일들이 훌륭하고 가치 있으며 웬만큼 만족스럽기 때문이다. 두 번째 통로 중간에서 검사를 멈추고 세 번째 통로로 넘어가서는 발길 닿는 대로 그냥 성곽 광장으로 돌아와 버리니, 어쨌든 이제 두 번째 통로를 다시 시작해야 하고, 그렇게 즐기며 일함으로써 작업량을 늘리고, 혼자 웃고, 기뻐하고, 작업량이 너무 많아 엉망진창이지만 일을 중단하지 않는다.

통로와 광장이여, 그리고 무엇보다 성곽 광장이여, 너희로 인해 내가 세상에 태어났으니 그 어떤 것을 위해서도 내 목숨을 아끼지 않겠다. 오랫동안 나는 어리석게도 그것 때문에 두려워하며 너희에게 돌아오기를 주저했는데, 내가 너희 곁에 있는 지금 위험 따위가 뭐가 중요하겠는가. 너희가 내 것이고 내가 너희 것으로, 하나로 맺어져 있는 우리에게 어떤 일이 일어나겠는가. 위에서 떼로 덤벼 주둥이로 이끼를 뚫고 들어올 테면 그러라지. 굴도 적막으로 기쁘게 나를 맞이하고, 내 말을 지지한다. 그런데도 나는 슬슬 게을러지기 시작해 내가 좋아하는 한 광장에서 몸을 조금 웅크린다. 다 둘러보려면 아직 한참 멀었지만, 앞으로 계속 볼 것 아닌가. 여기서 잠이 든 것도 아니고, 단지 잠을 자고 싶은 유혹에 빠져 잠잘 채비를 해본 것뿐이다. 그전처럼 여기서 잘 수 있을지 확인해보려는 것이다. 잘 수는 있으나, 물리치는 건 안 된다. 여기서 나는 오래도록 깊은 잠에 빠진다.

꽤 오래 잠잔 것 같다. 계속 자다가 잠이 저절로 깰 때쯤만 해도 얕은 잠에 빠져 있었던 게 틀림없다. 그 자체로는 거의 소리가 나지 않는데, 사각거리는 소리에 깨었던 것이다. 나는 퍼뜩 깨달았다. 내가 거의 감시하지 않고 내버려두었더니 내가 없는 동안 작은 동물이 어딘가에 길을 뚫기 시작했고, 이제 그 길이 오래된 길과 만나 공기가 통하면서 사각거리는 소리가 나는 것이다. 정말이지 멈추지 않고 일하는 족속 아닌가. 그 부지런함이 나를 얼마나 귀찮게 하는가. 통로 벽에 귀를 갖다 대보고 어디서 방해를 하는지 벽을 파서 확인한 다음에나 소음을 없앨 수 있을 것이다. 하지만 새 구덩이가 어떻든지 간에 굴의 상태와 잘 맞으면 새로운 통풍구가 생기는 것이니 나에게도 반가운 일이다. 그러나 이제부터는 작은 생물을 더 주시해야겠다. 어떤 것도 방치해서는 안 된다.

수색하는 일이야 많이 해봐서 오래 걸리지 않으니 곧바로 할 것이다. 먼저 하던 일들이 있지만 이 일이 가장 급하다. 내 통로는 조용해야 한다. 이 소리는 거의 방해가 되지 않을 것이, 내가 들어왔을 때 벌써 그 소리가 났을 텐데 나는 전혀 듣지 못했다. 나는 제대로 자리를 잡고 나서야 비로소 그 소리를 들은 게 틀림없다. 그런 소리는 집주인만 들을 수 있으니까. 그리고 보통 때도 그렇듯이 그런 소리는 계속 나는 게 아니다. 한동안 그치기도 하는데, 분명 공기의 흐름이 막혀서 그런 것이다. 수색하기 시작하는데 어디를 파봐야 할지 찾기가 쉽지 않다. 아무 곳이나 되는 대로 몇 군데 구덩이를 파보기는 한다. 물론 그렇게 하면 아무 성과도 없고, 팠다가 다시 덮고 고르는 작업은 헛일이 되고 만다. 나는 소리 나는 곳 근처에도 가지 못하는데, 희미한 소리는 일정한 간격을 두고 계속 울린다. 어떤 때는 사각거리는 소리 같다가도 어떤 때는 휘파람 소리처럼. 하지만 나는 일단은 그것을 그냥 놔둘 수도 있으리라. 굉장히 거슬리기는 하지만, 그 것이 어떤 소리인지에 대한 나의 가정이 확실하니 더 커질 리도 없고, 반대로—그렇게 오래 내버려둔 적은 없지만—시간이 지 나고 작은 굴착자가 계속 일해나가다 보면 저절로 사라질 수도 있고, 그렇지 않더라도 체계적인 수색이 이미 오래전에 헛일이 돼버렸지만, 어느 날 우연히 쉽게 단서를 잡기도 하는 것이다.

그렇게 자위하면서 차라리 계속 통로를 어슬렁거리며 아직 가보지 못한 광장을 돌아보고, 가끔 잠깐씩 성곽 광장을 둘러보 는 것이 나으리라. 하지만 그럴 수 없다. 나는 계속 찾아야 한다. 좀더 유익하게 보낼 수 있는 많은 시간들을 이 작은 족속에게 써야 한다. 이런 경우에 항상 내 관심을 끄는 것은 기술적인 문 제다. 예를 들어 아주 정확하게 분간할 수 있는 미세한 소리를 가지고, 나는 어떤 정황의 원인을 가정해보고, 현실적으로 들어 맞는지를 점검해보고 싶어 안달이 난다. 가령 벽에서 떨어진 모 래알이 어디로 굴러갈지 아는 것이 중요하다 해도 나는 명확하게 감지할 수가 없지만, 이건 확인할 필요 없을 만큼 근거가 충분한 셈이다. 그러므로 이런 관점에서 보면 그런 소리조차 결코 하찮은 문제가 아니다. 그러나 중요하든 그렇지 않든 간에 아무리 해도 찾지 못하고 있다. 아니, 되레 너무 많이 찾아내고 있다. 어째서 꼭 내가 가장 좋아하는 광장에서 이런 일이 일어난단 말인가. 그곳에서 꽤 먼, 다음 광장으로 이어진 길 한복판에서 나는 생각한다. 사실 이게 다 장난일 뿐이라고 하면서, 말하자면 내가 가장 좋아하는 광장에서만 장해가 생긴 것이 아니라 다른 곳에도 있다는 것을 밝히기라도 하려는 듯이 웃으며 귀를 기울인다. 그러다 금세 웃음을 멈춘다. 사각거리는 소리가 여기서도 들리는 것이다.

가끔 이런 생각을 한다. 별거 아냐. 나한테만 들리는 걸 거야. 물론 훈련으로 민감해진 내 귀에는 그 소리가 더욱 또렷이 들린다. 내가 비교해본 결과 사실은 어디서나 똑같이 나는 그 소리가 확실한데도 말이다. 벽에 귀를 갖다 대지 않고 그저 통로 한가운데서 들어보았을 때 더 커지지도 않는다. 귀를 바짝 세워야만, 실로 여기저기에 바짝 엎드려 집중해야만, 어떤 소리를 듣는다기보다 어림짐작으로 느낄 수 있다. 하지만 어느 장소에서

나 똑같이 들린다는 점이 가장 신경 쓰인다. 처음의 가정과 일치하지 않기 때문이다. 어떤 소리인지 제대로 추측한 거라면, 곧바로 찾아냈어야 했던 어느 한 곳에서 가장 크게 들리고, 나머지 장소에서는 점점 작게 들려야 할 텐데 말이다. 내 해석과는 맞지 않으니, 대체 뭐란 말인가? 소리의 근원이 2개이고, 지금까지 그곳에서 멀리 떨어져 귀를 기울였던 것이고, 그러므로 하나의 장소에 가까이 가면 그 소리는 들리지만 다른 장소의 소리가 작아져서, 결과적으로 어디서나 똑같이 들릴 가능성도 있다. 어느새 나는 자세히 들어보면 아주 어렴풋이나마 이 새로운 가정에 딱 들어맞는 소리의 미세한 차이를 분간할 수 있다고 믿는다.

어쨌든 나는 지금보다 훨씬 넓은 범위를 탐색해야 할 것 같다. 그래서 나는 통로 아래쪽 성곽 광장까지 내려가서 귀를 기울인다. 신기하게도 여기서도 똑같은 소리가 들린다. 그렇다면 뻔뻔하게도 내가 여기를 떠나 있는 시간을 십분 활용해 보잘것없는 작은 짐승들이 굴을 파는 소리다. 하여간 그들이 구태여 내가 있는 쪽으로 올 리 없고, 자기들 작업을 하느라 정신이 없을 테니, 장애물이 나타나지 않는 한 방향을 바꾸지는 않을 것이다. 그런 것은 나도 이해할 만하다. 하지만 그들이 두려움을 무릅쓰고 성곽 광장으로 다가오는 것을 나는 이해할 수 없고, 나를 흥분시키고 작업하는 데 필요한 이성을 흔들어놓는다. 그런 점에서 나는 판가름하지 않겠다. 성곽 광장이 현저히 깊은지 아닌지, 성곽 광장의 넓은 공간과 그로 인한 세찬 공기의 흐름을 느끼고 굴착자들이 겁먹고 움츠렸는지, 아니면 어떤 소식통으로 성곽 광장 자체가 그들의 둔한 감각을 파고들었는지.

어쨌든 성곽 광장 벽에서는 아직까지 구멍을 판 흔적을 찾지 못했다. 동물들 무리는 내가 여기에 쌓아둔 고형 사냥물의 진한 냄새에 이끌려 오기는 했으나, 통로 위쪽 어딘가를 파 들어왔고, 강한 냄새에 이끌려 마음 졸이며 통로를 내리달았다. 이제 그들은 통로를 다시 파고 있으리라. 내가 적어도 청년기와 장년기 초반에 가장 중요한 계획만이라도 실행했다면, 아니 그보다 실행할 힘이 있었다면 얼마나 좋았겠는가. 그럴 마음이 없지 않았으니까. 내가 하고 싶어 했던 계획 중 하나는 성곽 광장 둘레를 땅과 분리하는 것이었다. 즉, 내 키만 한 두께의 벽만 남겨두고 그 위로는 지면을 받치는 토대만 살짝 남겨두고 벽 넓이만큼 '빈 공간'을 만드는 것이다. 나는 그 '빈 공간'을 내가 체류할 수 있는 가장 훌륭한 장소로 상상했는데, 그렇게 무리한 일은 아닐 것이다. '빈 공간'의 둥그렇고 하얀 벽에 매달리기, 위로 기어오르기, 미끄러져 내려오기, 공중제비를 돌며 바닥에 발을 딛고 서기, 이 모든 놀이를 하는 공간은 말할 것도 없이 성곽 광장의 한 부분이지만, 엄밀히 말해 광장 안은 아니다. 성곽 광장을 벗어나 그것을 지켜보지 않고 쉴 수 있는 것, 지켜보는 즐거움을 유보할 수 있는 것, 그곳을 완전히 떠나지 않고도 수중에 단단히 틀어쥐고 있는 것, 이런 일은 거기에 접근하는 평범한 출입구 하나만으로는 할 수 없는 일이다. 그리고 무엇보다 그것을 감시할 수 있고, 굴을 보지 못하더라도, 성곽 광장과 '빈 공간' 중 어느 하나를 선택할 수 있다면, '빈 공간'을 왔다 갔다 하며 평생 성곽 광장을 지키는 것으로 족하리라. 그러면 벽에서 소리도 들리지 않으리라. 발칙하게 광장까지 파고 들어오는 일도 없으리라. 그러면 그곳의 평화가 보장되고, 나는 평화의 파수꾼이 되리라. 찜찜한 기분으로 작은 족속이 굴을 파는 것 따위에 귀기울이지 않고, 지금은 영영 사라진, 성곽 광장에 감도는 정적을 황홀하게 만끽하리라.

하지만 지금은 이 모든 것이 없으니, 나는 내 일을 해야 한다.

이제 성곽 광장과 직접적으로 관련된 일이라는 사실에 나는 뛸
듯이 기쁠 정도였다. 마치 날개를 단 듯했으니. 물론 나는 처음
에는 중요하지 않아 보이던 이 일에 점점 내 온 힘을 쏟아붓고
있다. 지금 나는 성곽 광장의 벽에 귀를 갖다 대고 있는데, 높은
곳, 깊은 곳, 벽과 바닥, 입구와 내부 등 사방에서 같은 소리가
들린다. 얼마나 긴장하며, 얼마나 오랜 시간 끊겼다 들렸다 하
는 그 소리에 귀를 기울이고 있는지. 스스로를 기만하며 조금이
나마 자위하자면, 통로와 다르게 성곽 광장은 넓기 때문에 땅바
닥에 귀를 대지 않고서는 아무 소리도 들리지 않는다. 그건 그
렇고 대체 무슨 일이 일어났단 말인가? 내가 맨 처음 내린 해석
은 이 현상과 맞아떨어지지 않는다. 하지만 다른 해석도 마찬가
지다. 내 귀에 들리는 것이 작업을 하고 있는 작은 미물이 움직
이는 소리라고 생각해볼 수 있다. 그러나 모든 경험과 어긋나는
것이, 계속 있었는데, 한 번도 들어보지 못한 소리가 갑자기 들
릴 리 없지 않겠는가. 몇 해 동안 굴속에 살면서 방해물에는 더
예민해졌겠지만, 청각이 더 예민해진 것은 아니다. 들리지 않는
다는 것은 바로 작은 동물의 본질이다. 예전에 내가 그것을 그
냥 두었을 리 없지 않은가. 굶어 죽는 한이 있더라도 하나도 남

김없이 없애버렸을 것이다.

하지만 문제가 되는 이것은 내가 모르는 동물일 것이다. 슬슬 이런 생각도 든다. 그럴 수도 있다. 벌써 오랫동안 신중하게 이 아래쪽의 삶을 관찰하고 있지만, 세상에는 다양하고 기분 나쁠 정도로 놀라운 일이 많은 법이다. 그러므로 한 마리가 아닐 수도 있다. 갑자기 내가 있는 곳으로 큰 무리가 떨어질지도 모른다. 소리가 나는 것으로 보아 아주 작은 족속보다 낫기는 하지만, 작업하는 소리가 약한 것을 보면, 조금 나은 정도의 작은 동물이 큰 무리를 이루고 있으리라. 그렇다면 사실 나는 불필요한 작업 따위 하지 않고 그냥 기다려도 될 것이다. 그런데 생소한 동물이라면, 나는 왜 지금까지 그들을 보지 못하는 것일까? 한 놈이라도 잡으려고 벌써 굴을 수없이 팠는데 하나도 발견하지 못했다. 어쩌면 말도 안 되게 작은 동물로, 내가 아는 것보다 훨씬 더 작은데, 그들이 내는 소리만 큰 것인지도 모른다. 그래서 나는 파헤쳐 놓은 흙을 조사한다. 흙덩어리를 잘게 부수려고 높이 던져 올린다. 그러나 소리를 내는 자들은 그 속에 없다. 나는 서서히 깨닫기 시작한다. 아무 데나 파다가는 아무 성과도 없을 거라고. 그렇게 한들 내 굴의 벽만 마구 헤집을 뿐이다. 부산스

럽게 긁어대며 여기저기 마구 어질러놓는다. 구멍들을 메울 시
간이 없다. 통로와 시야를 가로막는 흙무더기가 벌써 곳곳에 쌓
여 있다. 물론 그것들은 부수적으로 내 신경을 건드리는 것일
뿐이다. 지금 나는 걸어 다닐 수도, 둘러볼 수도, 쉴 수도 없으니
까. 가끔 나는 작업하다가 어느 구덩이에서 잠들기도 한다. 앞
발 하나는 발톱을 세운 채 흙 속에 박고서 말이다. 설핏 잠이 깨
었을 때 흙 한 덩이를 긁어내려고 그런 것이다.

나는 이제 방법을 바꾸려고 한다. 소리 나는 쪽으로 큰 구덩
이를 제대로 파는데, 모든 이론을 무시하고 소리의 근원을 찾을
때까지 계속 파나가겠다. 그러고 나서 힘닿는 한 구멍들을 메울
것이고, 그렇지 못하더라도 최소한 확신은 설 것이다. 그리고
그 확신에 따라 나는 안심하거나 아니면 절망할 것이다. 어찌
되었든 둘 중 하나라는 것은 의심의 여지 없다. 나는 이런 결심
을 하고 기뻤다. 지금까지 나는 모든 것을 너무 급하게 처리하
려 들었다는 생각이 든다. 돌아왔다는 사실에 들떠서, 위의 세
계에 대한 걱정을 아직 떨쳐버리지 못하고, 굴의 평화는 완전히
받아들이지 못해서, 너무 오래 굴 밖에서 살았기 때문에 지나치
게 예민하게 구는 건 인정하지만, 기이한 현상 하나에 분별력을

완전히 잃어버린 것이다. 그렇다면 뭐지? 긴 간격을 두고 들려오는 가벼운 사각거림은? 아무것도 아니다. 이런 말을 하고 싶지는 않지만, 익숙해질 만한, 아니, 절대 익숙해질 수 없겠지만, 곧바로 어떤 대비책을 강구하지 않고 오랜 시간을 두고 살펴볼 수도 있는 것을. 즉, 몇 시간 만에 가끔씩 귀 기울이고 그 결과를 끈기 있게 기록해도 될 것을. 나처럼 벽에서 귀를 떼지 않고 벽을 따라가면서 소리가 들릴 때마다 번번이, 진짜 뭔가를 찾는다기보다 불안한 마음에 뭔가를 하지 않을 수 없어서 땅을 파지는 않을 것이다.

이제는 달라지기를 나는 바란다. 그러다 또다시 기대하지 않는다. 스스로에게 화가 나고, 두 눈을 감고 인정하건대 몇 시간 전부터 내 마음은 여전히 불안에 떨고 있어, 이성으로 억누르지 않으면 소리가 들리든 말든 그저 아무 데나, 무감각하게, 반항하듯이, 오직 파기 위해 무작정 파헤칠 것이기 때문이다. 어느 틈에 벌써 맹목적으로 파거나, 아니면 단지 먹기 위해 흙을 파는 저 작은 동물과 마찬가지로.

나는 새로운 계획에 마음이 끌리기도 하고 그렇지 않기도 하다. 그것에 이견을 제시할 만한 것은 없다. 적어도 나에게는 없다. 내 생각에 그 계획은 분명 목표를 달성할 것이다. 하지만 근본적으로는 그것을 믿지 않는다. 충격적인 결과도 두렵지 않을 만큼 딱히 믿지 않는다. 절대 충격적인 결과가 나타나리라 생각하지 않는 것이다. 그렇다. 나는 처음 소리를 들었을 때부터 시종일관 굴 파는 일만 생각했는데, 단지 확신이 없어서 지금까지 하지 않고 있는 것처럼 보인다. 하지만 나는 말할 것도 없이, 다른 방법이 없으므로, 굴을 파기 시작할 것이다. 그러나 지금 당장 시작하지는 않겠다. 조금 뒤로 미룰 것이다. 분별력이 완전히 회복되면 할 것이니, 함부로 달려들지는 않을 것이다. 어쨌든 우선 내가 파헤쳐서 흐트러뜨린 부분부터 보수해야겠다. 많은 시간이 걸리지는 않겠지만 꼭 해야 하는 일이다. 목표를 이루려면 새로 파기 시작하는 굴은 길어질 수밖에 없고, 목표를 이룰 때까지 끝없이 이어질 것이다.

어쨌든 이 작업을 하려면 꽤 오래 굴을 벗어나 있어야 하지만, 굴을 떠나 위의 세계에서 살았던 것만큼 나쁘지는 않을 것이다. 나는 마음만 먹으면 작업을 잠시 멈추고 성곽 광장에 왔다 갈 수 있고, 그러지 않더라도 성곽 광장의 공기가 작업하고 있는 나에게까지 불어와 나를 휘감을 것이다. 그렇다 하더라도 굴에서 멀어지고, 불확실한 운명에 나를 내던지는 것이니, 뒤에 남겨질 굴을 잘 정리해둘 생각이다. 굴의 평화를 위해 투쟁한 내가 그 평화를 흐트러뜨리고 복구하지도 않는다는 것은 말이 안 된다. 그래서 나는 구멍들 속에 다시 흙을 집어넣기 시작했다. 내가 너무나 확실하게 아는 작업, 거의 무의식적으로 수도 없이 해왔던 작업인 만큼, 특히 마지막으로 꾹꾹 눌러서 고르는 일이라면—이건 내 자랑이 아니라 사실이다—다른 이들이 절대 따라올 수 없는 작업이다. 하지만 이번에는 힘겹다. 나는 마음이 너무 산란해서, 한창 작업에 몰두하다가도 자꾸만 벽에 귀를 대고 엿들으면서, 퍼 올리지 못한 흙이 발밑에서 다시 경사로를 따라 흘러 떨어지는 것도 아랑곳하지 않는다.

훨씬 더 신경 써야 하는 마지막 미장 작업은 거의 하지 못한다. 보기 흉하게 툭 튀어나온 부분, 지장을 초래할 틈새도 그대로 남아 있다. 전체적으로는 누더기처럼 덕지덕지 바른 벽을 이전의 둥글고 매끄러운 벽으로 되돌릴 수는 없고, 임시로 이렇게 해두는 것뿐이라고 애써 자위한다. 맨 나중에 평화를 쟁취하고 돌아오면 다시 손보리라. 그때는 모든 것을 눈 깜짝할 사이에 해치우겠지. 하지만 모든 것이 눈 깜짝할 사이에 이루어지는 것은 동화 속에서나 있을 법한 일이니, 이것 또한 동화 속에서 있을 법한 위로다. 지금 바로 완벽하게 마무리하는 것이 더 나으리라. 자꾸 일을 멈추고 통로를 어슬렁거리며 어디서 소리가 나는지 확인하는 것보다 훨씬 유익하리라. 그렇게 돌아다니는 것이야말로 쉬운 일 아닌가. 아무 데나 멈춰 서서 귀를 갖다 대기만 하면 되니까.

게다가 그것 말고도 쓸데없는 것들을 발견한다. 가끔 그 소리가 완전히 사라진 것처럼 느껴지는데 사실은 한동안 단지 멈춰 있는 것뿐이고, 가끔은 사각거리는 소리를 흘려듣기도 하는데, 내 귓속의 동맥이 세차게 뛸 때면, 그 두 가지가 동시에 멈춰 잠깐 동안 사각거리는 소리가 영원히 사라졌다고 생각되는 것이다. 그럴 때는 더 이상 귀 기울이지 않고, 용수철처럼 펄쩍 뛰어오른다. 인생이 백팔십도로 바뀐다. 굴의 정적이 흘러나오는 발원지가 뚫리기라도 한 듯하다. 발견하고 곧바로 검증하는 일은 참고, 확신하면서 의구심이 들기도 전에 누군가에게 알려주려는 듯이 성곽 광장으로 내달린다. 자기 삶의 모든 것과 새로운 인생에 눈뜨고, 이미 오래전부터 아무것도 먹지 않았다는 사실이 그제야 떠올라, 반쯤 흙 속에 파묻힌 양식 중에 아무거나 끌어내서, 꿀꺽꿀꺽 삼키면서 믿어지지 않는 발견을 했던 곳으로 다시 돌아간다. 처음에는 먹으면서 슬쩍 귀를 기울여 주위를 확인한다. 그런데 문득 귀를 기울이자마자 치욕스럽게도 실수했음을 알리듯이, 멀리서 사각거리는 소리가 확실하게 나는 것이다. 그 순간 입에 물고 있던 음식을 내뱉는다. 땅바닥에 떨어진 음식을 밟아 쑤셔 박고 싶다. 다시 작업을 하지만 무슨 일을 해야 할지 모른다. 작업이 필요한 곳은 어디든 많으니, 아무 일이나 기계적으로 한다. 마치 감독관이 오기라도 한 듯, 그리고 감독관을 기쁘게 해줘야 한다는 듯.

하지만 잠시 그렇게 작업하다가 새로운 것을 발견할 때도 있다. 소리가 더 커진 듯 느껴지는 것이다. 여기서는 늘 지극히 미묘한 차이가 문제가 되니, 훨씬 더 커졌다고 하기는 뭣하지만 조금 더 커졌음을 또렷이 느낀다. 그리고 소리가 커진다는 것은 다가오는 것이라고 할 수 있으므로, 다가오는 발자국이 조금 더 커진 소리보다 훨씬 또렷하게 떠오르는 것이다. 그래서 펄쩍 뛰어 벽에서 떨어져서, 이 발견으로 있을 수 있는 모든 일을 눈으로 확인하는 데 매진한다. 애초에 굴을 방어용으로 만든 적이 없는 듯 여겨진다. 그런 의도도 있기는 했지만, 공격의 위험은 모든 인생의 경험에서 예외적인 것 같았고, 그래서 방어 시설은 나하고는 먼 일로 여겨졌던 것이다. 혹은 아무 상관 없지는 않더라도 — 어떻게 그러겠는가 — 우선순위에서 평화로운 삶을 위한 장치보다 한참 아래에 있었던 것이다. 기본적인 계획을 흐트러뜨리지 않으면서도 그 방향으로 많은 설비를 할 수도 있었을 텐데, 이해할 수 없으리만큼 등한시한 것이다. 몇 해 동안 나는 운이 너무 좋았고, 그로 인해 버릇이 잘못 들었다. 불안해하기는 했지만 요행 속에서 느끼는 불안감으로는 아무것도 해내지 못하는 법이다.

사실 지금 가장 먼저 할 수 있는 것은 방어 목적으로, 방어할 수 있는 모든 가능성을 살펴보고, 방어 계획에 따른 건축 도면이 완성되는 대로 곧바로 젊은이처럼 활기차게 작업하는 것이다. 그것은 반드시 필요한 작업이리라. 물론 너무 늦기는 했지만 꼭 해야 할 작업인 것만은 분명하다. 무방비 상태로 온 힘을 쏟아붓고, 그러다 보니 위험이 닥쳐야 너무 늦지 않았나 하는 어이없는 걱정을 하면서 위험을 찾는 목적에만 혈안이 된 어마어마한 땅파기는 결코 아닐 것이다. 나는 문득 이전의 계획이 이해가 되지 않는다. 심도 있는 계획에서 심도 있게 고민한 흔적을 눈곱만큼도 찾아볼 수 없어, 또다시 일손을 놓고 귀를 기울이지도 않는다. 지금은 소리가 더 커졌는지 알고 싶지 않다. 이미 충분히 알아냈지 않은가. 모든 것을 내버려둔다. 반항심을 누그러뜨리기만 해도 다행이다.

나는 다시 발길 닿는 대로 통로를 걸어 다닌다. 점점 더 먼 통로로 들어간다. 집으로 돌아오고 나서는 한 번도 가보지 않은, 내가 전혀 파헤치지 않은 통로를 걸어가면 정적이 되살아나 내 위로 내려앉는다. 나는 굽힘 없이 계속 바삐 움직인다. 자신이 뭘 찾고 있는지도 모른다. 다만 시간을 미루는 것이리라. 나는 통로를 벗어나 미로까지 오고 만다. 이끼 덮개에 귀를 대고 엿듣고 싶은 마음이 솟구친다. 지금은 그렇게 멀리 있는 것들이 내 관심을 끈다. 급기야 위까지 밀어 올리고 귀를 기울인다. 짙은 정적이 감도는 이곳은 얼마나 좋은가. 바깥에서는 내 굴 같은 건 아무 관심도 없고, 나하고는 아무 상관 없는 각자의 일을 한다. 내가 그것에 이르려고 무슨 짓을 하든 간에.

어쩌면 내 굴에서 귀를 기울여봐야 아무 소리도 들리지 않는 곳은 오직 이 이끼 덮개뿐일 것이다. 굴속에서는 정반대다. 지금까지 위험한 장소가 평화로운 장소가 되고, 성곽 광장은 세상의 소음과 그에 따른 어떤 위험한 소음에 휩쓸린 것이다. 더 안 좋은 것은, 여기에도 평화는 없다는 것이다. 여기 또한 달라진 게 전혀 없다. 조용하든 소란스럽든 간에 여전히 이끼 위에는 위험이 도사리고 있고, 단지 내 신경이 무뎌진 것뿐이다. 벽에서 들리는 사각거리는 소리에 너무 시달린 것일까? 소리가 점점 커지면서 다가오고 있는데, 나는 조심스럽게 미로를 돌아다니며 높은 곳, 이끼 밑에서 태연하게 자리 잡고 있다. 내가 이 위쪽에서 비로소 조금이나마 평온을 느낀다는 것은, 이미 사각거리는 자들에게 집을 완전히 내준 것이나 마찬가지 아니겠는가? 사각거리는 자에게? 소리의 원인이 무엇인지, 새로운 견해라도 있는가? 아마도 작은 것이 가느다란 홈을 파면서 나는 소리인데도? 내가 확신하는 견해는 그것이 아닌가. 나는 여전히 그 견해에서 벗어나지 않은 것 같다. 그것이 홈을 파는 소리는 아니라도 어쨌든 간접적으로는 거기서 나는 소리리라. 홈과는 아무 상관 없다면, 아무런 가정도 할 수 없으니, 원인을 찾거나 홈을 발견할 때까지 기다려야 한다.

가정의 유희는 얼마든지 즐길 수 있다. 가령 이런 가정을 할 수도 있다. 먼 곳에서 갑자기 물이 새어 들어, 휘파람 소리나 사각거리는 소리 같은 것이 사실은 물 흐르는 소리인지 모른다고. 하지만 이것이 내가 한 번도 겪어보지 못한 일이라는 것은 차치하더라도—내가 처음 발견한 지하수는 즉시 물길을 돌렸으니 이 모랫바닥에는 흘러오지 않았다—그것은 사각거리는 소리이지 물 흐르는 소리라고 할 수는 없다. 하지만 아무리 진정하라고 경고해도 소용없다. 머릿속 상상은 멈출 줄 모르고, 나는 정말로 곧이곧대로 믿으려 한다. 그 자체를 부인할 필요는 없다. 사각거리는 소리는 한 마리가, 그러니까 작은 동물 무리가 아니라 큰 동물 한 마리가 내는 것이라고 말이다. 무엇보다 사방에서 들리고, 소리 크기가 한결같을 뿐 아니라 밤낮없이 들린다고. 그런 생각에 들어맞는 낌새도 있다.

처음에는 작은 동물이라고 확신할 수밖에 없었지만, 여기저기 땅을 파봐도 아무것도 발견하지 못했으니, 이제는 큰 동물이라는 가정만 남는 것이다. 특히 가정에 들어맞지 않을지 모르지만, 그냥 사물들, 그 동물을 발칙하게 만드는 정도가 아니라 상상을 초월할 만큼 위험하게 만드는 사물들이다. 오직 그 이유로 나는 그 가정을 거부했다. 나는 자기기만을 집어치웠다. 나는 너무 오래 한 가지 생각에 골몰하다 보니, 즉 그 동물이 억척스럽게 작업하는데, 산보객이 바깥 길을 지나가다 재빠르게 땅을 파서, 그가 팔 때의 진동이 그가 지나간 뒤에도 계속 남아, 작업 소리와 뒤이어 계속되는 진동이 먼 거리를 두고 한데 뒤섞여 점점 잦아들다가 마지막 여음이 어디서나 똑같이 내 귀에 들린다는 것이다. 게다가 그 동물이 나에게 다가오고 있지 않기 때문에 그 소리가 한결같은 것이고, 오히려 내가 그 의미를 꿰뚫을 수 없는 계획 하나가 이미 나와 있다. 그것이 나에 관해 알고 있는지는 모르지만, 어쨌든 그 동물이 나를 포위하고, 내가 그것을 처음 관찰했을 때부터, 내 굴 주위에 몇 개의 원을 쳐놓았을 거라고 가정할 뿐이다. 그것이 어떤 소리냐, 즉 사각거리는 소리냐 휘파람 소리냐에 대해서는 생각의 여지가 많다.

땅을 긁어보고 파헤쳐 보면 전혀 다른 소리로 들린다. 사각거리는 것으로 보아, 그 동물의 주된 연장은 발톱이 아니고, 부수적으로 발톱을 사용할지는 모르지만, 어쨌든 엄청나게 힘이 좋고 날카롭기까지 한 주둥이나 커다란 코라고 생각할 수밖에 없다. 코를 땅바닥에 한 번 세게 박아서 커다란 흙덩이를 파내는데, 이 작업을 할 때는 아무 소리도 들리지 않는다. 소리가 그치는 때가 이 순간이다. 그러고 나서 또 한 번 박으려고 크게 심호

흡을 한다. 억센 힘뿐 아니라 몰아치는 성격과 열의 때문이기도한, 틀림없이 땅을 울리는 소리가 나는 심호흡이, 이 소음이 내귀에는 사각거리는 소리로 들리는 것이다. 어쨌든 도무지 이해할 수 없는 것은 멈추지 않고 일하는 능력이다. 짧은 시간 소리가 멈추는 것도 잠깐 숨을 돌리는 것이기는 하겠지만, 휴식다운긴 휴식은 없었고, 밤낮 가리지 않고 땅파기를 한다. 한결같은힘과 기력으로, 급하게 처리해야 하는 계획, 실행할 모든 능력을 갖춘 계획을 항상 염두에 두면서.

그만한 적수가 나타나리라고는 상상도 하지 못했다. 그러나그의 특이한 점을 제외하고서도, 내가 실로 두려워했어야 할, 항상 그에 대비했어야 할 어떤 일이 지금 일어나고 있다. 누군가 다가오고 있는 것이다. 어쩜 그리 오랫동안 조용하고 행복한 나날을 보낼 수 있었을까? 누가 적들에게 길을 알려주어 내집 주위를 둘러싸게 되었는가? 그렇게 오래 보호를 받다가 왜지금에 와서 이렇게 놀라게 되었는가? 그것들만 생각하며 시간을 보내다가 결국 단 하나의 위험에 맞닥뜨리게 되었는데, 온갖작은 위험들은 무엇이었나? 건축 소유주로서 자기 집에 올지도모를 모든 자들보다 뛰어나기를 바란 것인가? 커다랗고 예민한

이 작품의 주인이기 때문에 비교적 진지하게 공격해오는 모든 적들을 막아낼 준비가 되어 있지 않다고 하는 편이 오히려 납득이 간다. 굴의 주인이라는 행복에 젖어 나는 버릇이 잘못 들었고, 굴의 예민함이 나를 예민하게 만들었으며, 굴의 상처가 내 상처인 것처럼 아프다. 바로 이 점을 나는 미리 염두에 두었어야 했다. 내 자신을 방어하는 것뿐 아니라—하지만 이것조차 얼마나 성과 없이 대충 했던가—굴에 대한 방어책도 생각했어야 했다.

　무엇보다 굴의 각 부분들이, 가능한 많은 부분들이, 누군가로부터 공격을 받으면, 최단 시간 내에 흙이 무너져 덜 위험한 부분과 분리되게 했어야 했다. 그것도 공격한 자가 그러한 흙덩어리 뒤에 진짜 굴이 있다고 짐작하지 못하도록 효과적으로 떨어져야 한다. 더 나아가 흙이 무너져 내릴 때 굴을 감추는 것뿐 아니라 공격한 자까지 파묻을 수 있어야 하리라. 그러한 일을 아주 작은 것조차 시도해보지 않았다. 전혀. 이런 쪽으로는 아무것도 이룬 게 없으니, 나는 어린아이처럼 조심성 없었던 것이다. 나는 어린애 놀이나 하면서 성년기를 보냈고, 현실적인 위험들을 현실적으로 생각하지 못하고 등한시했던 것이다.

하지만 경고가 없었던 건 아니다. 지금과 같은 상황은 아니지만 건축 초기에 비슷한 일이 있었다. 중요한 차이점은 그때는 건축 초기였다는 것이다. 그때 나는 그야말로 초보 단계의 보잘것없는 견습공이었던 셈이다. 미로는 대충 윤곽만 겨우 잡아놓았고, 작은 광장을 하나 파기는 했으나 크기나 벽 미장이나 완전 실패작이었다. 말하자면 모두 시험 삼아 해본 것에 지나지 않았고, 어느 날 갑자기 도저히 못하겠다 싶을 때는 아무 미련 없이 그만둬도 될 만큼 모든 것들이 시작 단계였다. 그 무렵, 한번은 작업하다가 파헤친 흙더미 틈에 누워 쉴 때—나는 살아오면서 작업하던 도중에 너무 많이 쉬었다—문득 멀리서 무슨 소리가 들린 것이었다. 그때는 젊어서 겁나기보다 호기심이 생겼다. 나는 작업을 멈추고 오직 귀 기울이는 데 전념했는데, 그때만 해도 듣기만 했을 뿐 저 위 이끼 밑으로 달려가지 않았다. 그곳에서 몸을 쭉 뻗고 누워서 귀 기울일 일이 없기를 바라면서 말이다. 나는 귀 기울이는 것만 했다. 내 것으로 보이는 굴 하나에 문제가 생겼음을 자못 정확하게 판단할 수 있었는데, 조금 더 약하게 울리는 소리가 멀리서 나는 것이라고 판단할 수 없었다.

긴장하기는 했지만 냉정하고 침착했다. 어쩌면 내가 낯선 어느 굴에 들어온 건지도 모른다고 생각했다. 그래서 굴의 주인이 내가 있는 쪽으로 파 들어온다고. 이 가정이 맞는 것으로 밝혀 졌다면, 정복욕에 불타거나 호전적인 성격도 아니었던 내가 이곳을 떠났을 것이다. 다른 곳에서 건축하고, 다른 곳에 집을 마련하려고. 그때는 젊었고 굴이 만들어진 것도 아니어서, 냉정하고 침착할 수 있었다. 뒤이어 나타난 사건에도 나는 근본적으로 자극을 받지 않았고, 밝혀낼 수도 없었다. 그곳에서 땅파기를 하던 자가 내 소리를 듣고 내가 있는 방향으로 오려고 했다면, 실제로 그랬듯이 그가 방향을 바꾼 이유가, 내가 작업을 중단하고 쉬는 바람에 방향을 잡을 수 없었기 때문인지, 아니면 스스로 계획을 바꾼 것인지 단언하기 어려웠다.

하지만 내가 잘못 짚은 것이고, 사실은 내 쪽으로 오고 있지 않았을 것이다. 어쨌든 꽤 오랫동안 그 소리는 마치 다가오는 것처럼 강하게 들렸는데, 그 당시 나는 젊었기 때문에 땅파기를 하는 자가 갑자기 땅에서 솟았다면 더 좋아했을지 모른다. 하지만 그 비슷한 일 같은 건 일어나지도 않았고, 어느 시점에서 마치 땅파기를 하는 자가 방향을 바꾼 것처럼 소리가 점점 약해지다가 갑자기 뚝 멈췄다. 마치 그가 정반대로 방향을 틀기로 마음먹고 내게서 멀리 가기라도 한 듯이. 나는 정적 속에서 한참을 그 소리를 더듬다가 다시 작업을 시작했다. 하지만 그처럼 틀림없는 경고에도 나는 금세 잊었고, 건축 설계도에도 전혀 영향을 미치지 않았다.

그때와 오늘 사이에 나의 청장년기가 있다. 그런데 지금에 와서 그 사이에 아무것도 없었던 것 같지 않은가? 나는 여전히 작업을 하면서 오래 쉬고, 벽에 귀를 갖다 대고, 땅파기를 하는 자는 계획을 바꾸고 진로를 변경해 여행에서 돌아오고 있다. 그동안 그는 자기를 맞이할 시간을 나에게 충분히 주었다고 생각할 것이다. 하지만 나는 모든 면에서 그때보다 준비가 더 미흡하다. 넓은 굴은 무방비 상태로 텅 비어 있고, 이제 나는 젊은 견습공이 아니라 노련한 건축가이며, 아직 힘이 남아 있기는 하지만 정작 결전의 날에는 무력할 것이다. 지금도 늙기는 했지만, 정말이지 더 늙었으면 좋겠다. 그도 그럴 것이 실제로 나는 더 이상 참지 못하고 일어나, 여기서 평화와 새로운 근심으로 한껏 보충하기라도 한 듯 다시 내리닫았다. 집 안으로. 마지막에 사물들이 어땠던가? 사각거림은 잦아들었을까? 아니, 더 강해졌다. 나는 열 곳쯤 귀를 대보고 착각이었음을 분명히 깨닫는다.

사각거리는 소리는 이전과 똑같고, 달라진 건 아무것도 없다. 저 너머는 전혀 변함없고, 거기 사는 자들은 고요함에서 초탈했는데, 여기서 귀를 대고 있는 자에게는 매 순간 야단스럽게 진동하는 것이다.

나는 성곽 광장으로 이어진 길로 돌아간다. 주위의 모든 것이 격앙되어 나를 지켜보고 있는 것 같고, 그러나 금세 나를 방해하지 않으려 얼른 고개를 돌리는 것 같고, 그러면서도 내 얼굴에서 그들을 구제할 결심을 굳힌 기색을 엿보고 다시 바짝 긴장한다. 하지만 아직 그런 결심을 하지 못한 나는 머리를 젓는다. 그리고 어떤 계획을 실행하려고 성곽 광장으로 가지도 않는다. 탐색을 목적으로 땅파기를 하고자 했던 곳을 지나간다. 다시 살펴보니 적당한 자리였던 듯하다. 그 굴은 대부분 작은 공기 통로들과 연결될 수도 있었으므로, 내 작업이 훨씬 수월할 수도 있었으니, 어쩌면 너무 멀리 파 들어가지 않아도 되었을 것을, 소리의 진원지로 파 들어가지 않아도 되었을 것을, 어쩌면 환기구들에 귀를 대고 있는 것만으로 충분했을 것을. 하지만 어떤 심사숙고도 땅파기 작업만큼 나를 강하게 끌어당기지 못한다. 이 구덩이로 나는 확신에 이를 수 있을까? 이제 나는 일말의 확신조차 기대하지 않는다.

나는 성곽 광장에서 가죽을 벗긴 먹음직한 시뻘건 살덩이를 꺼내 가지고 흙덩이 속으로 기어든다. 어쨌든 그 속에는 정적이 흐를 것이니. 여기에 진짜 정적이 있다면 말이다. 나는 고기 살점을 조금씩 핥아 먹으면서, 멀리서 그 길을 지나가고 있는 동물을 생각해보고, 그러고 나서는 내가 할 수 있을 때 양식을 실컷 먹어야 한다고 생각한다. 후자는 내가 실행할 수 있는 유일한 계획일 것이다. 그나저나 나는 그 동물의 계획이 무엇인지 알아내려 하고 있다. 떠돌아다니는 것인가, 아니면 자기의 굴을 만들고 있는가? 떠돌아다니고 있다면 소통할 수 있을지 모른다. 그가 실제로 내가 있는 곳까지 뚫고 들어오면, 그에게 내가 가진 양식을 조금 주면 그는 계속 지나갈 것이다.

흙덩이 속에서 나는 모든 것, 소통까지 꿈꾼다. 나는 명확히 알고 있으면서도 그런다. 그런 것은 있을 수 없고, 우리가 서로 마주치면, 아니, 서로 가까이 있다는 낌새를 알아채기만 해도, 그 순간 당장 정신이 나갈 정도로 놀라고, 누가 먼저랄 것도 없이, 배가 잔뜩 부르다 해도, 새로운 허기에 사로잡혀 상대를 향해 발톱을 세우고 이빨을 드러낼 것이다. 언제나 그렇듯이 이곳에서도 지극히 정당한 일이다. 그도 그럴 것이 아무리 떠돌아다니는 자라도, 굴을 보는 순간 자신의 여행과 향후 계획을 바꾸지 않겠는가? 게다가 그 동물이 자기의 굴을 파고 있었다면 소통은 일말의 기대도 할 수 없다. 아주 별난 동물이어서 그의 굴이 이웃을 받아들인다 한들 내 굴이 그럴 수 없다. 적어도 소리를 들을 수 있는 이웃은 내버려두지 못한다.

지금은 그 동물이 저 멀리 있는 것 같고, 조금만 더 멀리 물러나 주면 저 소리도 사라질 것이고, 그러면 예전의 평온한 시절로 돌아갈 수 있으리라. 그렇게 되면 괴롭지만 유익한 경험으로 남을 것이고, 나는 자극을 받아 이것저것 보수를 하리라. 나는 안정을 되찾고 위험에 맞닥뜨리지만 않으면, 아직은 체면을 세울 온갖 작업을 할 능력이 있다. 아니면 그의 작업 능력에 따른 엄청난 가능성으로 보아, 내 굴 쪽으로 자기의 굴을 넓히는 것을 중단하고, 다른 방향으로 돌아선다면 좋을 것이다. 하지만 그것 역시 협상으로 할 수 없는 일이고, 단지 그 동물의 분별력에 맡기거나, 아니면 내가 강압적으로 그렇게 만들어야 한다. 이 두 가지 점에서 그 동물이 나에 관해 아는지, 또 어떤 것을 아는지가 중요하다. 그 점에 대해 깊이 생각할수록 그 동물이 내 소리를 들었을 가능성이 더 커 보인다. 상상할 수 없는 일이기는 하지만 그것이 내 동정에 대해 들었을 가능성도 있다. 하지만 내 소리를 듣지는 못했을 것이다. 내가 그에 관해 아무것도 모르는 한, 그가 내 소리를 들었을 리 없다. 왜냐하면 나는 조용했기 때문이다. 굴로 다시 돌아왔을 때보다 더 조용했던 적이 있는가. 내가 시험 삼아 땅파기를 했을 때, 그가 들었는지도 모른다. 극히 미세한 소리만 내는 방식으로 땅을 파기는 했지만. 하지만 그가 내 소리를 들었다면 내가 조금이나마 그 사실을 알아차렸으리라. 그도 귀를 갖다 대고 들으려면 가끔은 작업을 멈춰야 했을 테니까. 하지만 언제나 변한 것은 전혀 없다.

프란츠 카프카

Franz Kafka, 1883. 7. 3~1924. 6. 3

프란츠 카프카는 프라하에서 유대인 상인 아버지와 부유한 집안 출신인 어머니 사이에서 여섯 남매의 맏이로 태어났다. 그러나 남동생 둘이 일찍 죽고 여동생 셋(엘리, 발리, 오틀라)과 함께 자랐다. 아버지 헤르만 카프카는 자수성가한 상인으로 직물 도매상을 했다. 아버지 쪽 집안사람들은 모두 건장한 체구를 가졌는데, 어깨가 딱 벌어진 거대한 아버지의 풍채에 눌려 카프카는 늘 기죽어 살았다고 한다. 어머니 율리 뢰비는 성격이 부드럽고 감성적이며 똑똑한 여성이었는데, 카프카의 총명함과 문학적인 재능은 어머니에게 물려받은 것이라 할 수 있다.

어린 시절 카프카는 여동생들과는 나이 차이가 너무 많이 나고, 아버지는 지나치게 엄격했으며, 어머니는 어린아이들을 키우고 남편을 보필하느라 바빠서 어린 카프카를 돌봐줄 수 없었기 때문에 가정부와 가정교사 손에 외롭게 자랐다. 그는 자신과 성향이 가장 비슷한 어머니의 사랑을 받지 못하고 가정의 따뜻함을 경험하지 못했으며, 어린 나이부터 늘 외로움 속에서 생활했다. 더구나 선천적으로 허약하게 태어나 병을 달고 살았고, 젊은 나이부터 폐병으로 고생했으며, 늘 불면증에 시달렸다.

아버지에 대한 콤플렉스, 프라하에 정착한 유대인 출신이라는 점, 독일어를 쓰는 유대인 사회에서 성장했다는 점, 병약한 몸 등은 고독한 성향을 심화시켜 그의 사상과 작품에 큰 영향을 미쳤다.

아들이 사회적으로 성공하기를 바랐던 아버지는 1893년(10세) 카프카를 독일계 왕립 인문고등학교에 보냈다. 당시 프라하에서는 상위 10퍼센트 미만이 독일어를 사용했기 때문이다. 동급생 가운데 훗날 유명 인사도 많았으나 오직 한 사람 오스카 폴락하고만 사귀었다. 1901년(18세) 프라하대학교에 입학해 처음에는 철학을 전공하다가 나중에 전도유망한 법학으로 바꿨다. 그러나 흥미를 느끼지 못하고 예술사와 독문학 강의를 들으며 뮌헨대학에서 본격적으로 독문학을 공부할 계획을 세웠다. 하지만 아버지의 지원을 받지 못해 포기하고 말았다. 1904년 (21세) 첫 작품으로 〈어느 투쟁의 기술(*Beschreibung eines Kampfes*)〉을 썼다.

젊은 시절 카프카는 자신의 작품이나 일기에 나타나는 것처럼 기이하고 병적이며, 패배 의식과 피해망상에 사로잡힌 정신 상태가 아니라, 그와 대조적으로 지극히 점잖고 신중했으며, 건전한 생활을 했다. 독일 대학생들의 독서 및 강연 모임에서 막스 브로트(Max Brod, 오스트리아계 이스라엘 작가이자 평론가로《카프카 평전》을 썼다)와 사귀게 되었는데, 훗날 이 브로트가 카프카의 문학 세계에 결정적인 공헌을 했다.

1906년(23세) 카프카는 법학 박사 학위를 얻어 1년간 법원에서 법관시보로 실습을 끝내고, 1907년(24세) 10월 유대인으로서는 파격적으로 프라하에 있는 일반 보험회사에 들어갔으나 중노동으로 창작할 틈이 없어 다음 해에 노동자재해보험국으로 옮겼다. 이곳에서 그는 무자비한 관료 조직과 가혹한 노동 환경을 경험했는데, 이를 바탕으로 그의 작품에서 관료 조직의 실상을 적나라하게 묘사하고 있다.

보험국에 다니면서 밤에는 글을 썼던 카프카는 1912년(29세) 8월 소품 17편이 실린 첫 책 《관찰(Betrachtung)》을 정리해 12월 출간했다. 그해 8월 카프카는 막스 브로트의 집에서 우연히 베를린에서 온 펠리체 바우어를 만나 첫눈에 사랑에 빠졌다. 그녀와의 사랑이 창작에도 큰 영향을 미쳐 9월 〈판결(Das Urteil)〉(1916년 출간)을 집필하고, 《아메리카(Amerika)》를 쓰기 시작했다. 12월에는 〈변신(Die Verwandlung)〉(1915년 출간)을 완성했는데, 이것은 카프카의 문학 세계가 또렷이 드러난 작품 중 하나다.

펠리체 바우어와의 사랑이 한결같이 순탄한 것은 아니었지만 갑자기 관계가 진전되어 1914년(31세) 6월에 약혼하기에 이르렀다. 그러나 7월에 파혼했는데, 카프카는 결혼을 자신을 구원하는 것인 동시에 소름 끼치도록 두려운 것으로 여겼다. 절망한 바우어는 카프카와 관계를 끊으려 했으나 카프카는 바우어 없이 살 수 없다며 관계를 지속하려고 했다. 이후 카프카는 세 번에 걸쳐 약혼과 파혼을 반복하면서 평생 결혼하지 않았다. 그해 〈유형지에서(In der Strafkolonie)〉(1919년 출간)를 완성했고, 《소송(Der Prozeß)》(1925년 출간)을 집필하기 시작했으며, 《아메리카》의 마지막 장을 완성했다.

1915년(32세) 카프카는 펠리체 바우어를 다시 만나 사귀는 중에 극심한 두통과 불면증으로 고생하면서 《소송》을 계속 집필해나갔다. 이때 그는 성경을 비롯해 도스토예프스키, 파스칼, 키르케고르의 작품들을 탐독했다. 1916년(33세) 〈시골 의사(*Ein Landarzt*)〉를 탈고했다.

1917년(34세) 7월 카프카는 펠리체 바우어와 다시 약혼했다. 9월에 폐결핵 진단을 받은 그는 체코 북서부 취라우에서 농장을 경영하던 막내 여동생 오틀라의 집으로 가서 다음 해 4월까지 요양을 했다. 요양하는 중에 바우어와 두 번째 파혼을 했다. 한적한 취라우에서 동생의 극진한 간호 속에서 목가적인 생활을 하던 카프카는 병세가 조금 나아지는 듯했으나 다시 악화되었다.

1918년(35세) 11월 쉘레젠에서 요양하면서 여관집 딸 율리에 보리첵을 만나 다음 해 약혼했는데 율리에의 신분이 낮다는 이유로 아버지가 크게 반대했다. 아버지에 대한 자신의 생각과 독립하려는 의지를 명확하게 밝히고자 했던 〈아버지에게 보내는 편지〉 대부분은 이 쉘레젠에서 쓴 것이다.

1920년(37세) 프라하로 돌아와 다시 노동자재해보험국에서 일했는데, 이때 동료의 아들 구스타프 야누흐를 알게 되었다. 훗날 구스타프 야누흐는 카프카가 죽을 때까지 4년간 나눈 대화를 기록해 《카프카와의 대화》(1951년 출간)를 펴냈다. 그해 4월 이탈리아와 오스트리아 국경 지역인 티롤 지방의 메라노에서 요양했는데, 그곳에서 정열적이며 이지적인 여류 평론가 밀레나 예젠스카를 만났고, 그녀가 카프카의 작품을 체코어로 번역해주었다. 슬라브계의 체코 명문가 출신인 밀레나는 카프카보다 열두 살 어린 유부녀였으나 두 사람은 정신적으로 열렬히 사랑하며 서로 편지를 주고받았다. 둘 사이에 오간 편지를 모은 《밀레나에게 보내는 편지》(1939년 출간)는 《카프카와의 대화》와 함께 카프카 연구의 중요한 자료가 되었다. 폐결핵 환자였던 카프카에게 있어서 밀레나에 대한 사랑은 마지막 불꽃과도 같은 것이었다. 둘의 사랑은 2년간 지속되었으나 끝내 이루어지지 못했다. 그러나 카프카의 일생에서 그를 누구보다 잘 이해한 사람이 바로 밀레나였다.

병세가 점점 악화되었던 데다 밀레나와의 이루지 못할 사랑으로 고민하는 상황에서 1922년(39세) 《성(*Das Schloß*)》(1926년 출간)을 집필하기 시작했으며, 〈단식 광대(*Ein Hungerkünstler*)〉(1924년 출간), 〈어느 개의 고백(*Forschungen eines Hundes*)〉을 썼다. 그해 3월 카프카는《성》의 첫 부분을 막스 브로트에게 읽어주었는데, 브로트는 이 소설에 등장하는 프리다가 바로 밀레나를 모델로 한 것이라고 주장했다.《성》은 카프카의 대표적인 장편소설이자 미완의 작품이다.

1923년(40세) 여름 카프카는 여동생 엘리와 발트해 연안 뮈리츠에 머물렀는데, 그곳에서 보모로 일하던 유대계의 열아홉 살도라 디아만트를 만났다. 도라는 카프카가 죽을 때까지 그의 곁을 지킨 삶의 마지막 동반자였다. 카프카는 도라와 결혼하려고 했으나 아버지가 허락하지 않았다. 그해 9월 카프카는 온갖 반대를 무릅쓰고 프라하를 떠나 베를린으로 옮겨갔다. 그는 베를린 슈테글리츠에서 도라와 함께 동거를 했다. 가부장적이고 전제적인 아버지의 그늘에서 벗어나 오랜 염원이었던 완전한 독립을 이룬 것이었다. 카프카는 일찍이 느껴보지 못한 행복감 속에서 글쓰기를 계속해 〈굴(*Der Bau*)〉, 〈작은 여자(*Eine Kleine Frau*)〉를 집필했다.

그러나 제1차세계대전에서 패전한 독일은 심각한 인플레이션이 발생한 데다 때마침 겨울이라 카프카와 도라는 식료품과

땔감, 생필품을 제대로 갖추지 못하고 극심한 빈곤에 시달렸다. 카프카는 어렵게 얻은 독립이 다시 수포로 돌아갈까 봐 굶주림의 두려움에 떨면서도 절대 아버지한테 손을 벌리지 않았다. 도라는 어려운 생활을 극복해나가면서 카프카를 최대한 편안하게 해주려고 애썼다. 그러나 1924년(41세) 3월 병세가 악화된 카프카는 프라하로 돌아갈 수밖에 없었다. 그는 그토록 프라하를 벗어나고 싶었지만 결국 평생 동안 프라하를 떠나 독립적인 생활을 했던 시기는 고작 이 6개월이 전부였다.

그리고 4월 오스트리아 빈 교외의 키어링 결핵요양소에 들어갔다. 그의 곁에는 도라와 의사 로버트 클롭슈토크가 머물렀다. 이때 결핵균이 후두까지 번져 카프카는 말을 할 수도 먹을 수도 없는 지경에 이르렀다. 카프카는 도라에게 자기가 보는 앞에서 〈굴〉을 제외하고 이 무렵 쓴 모든 작품을 불태우라고 했다.

도라에 대한 마지막 사랑으로 끈질기게 삶에 집착하던 카프카는 자신의 마흔한 번째 생일을 꼭 한 달 앞둔 6월 3일 도라와 로버트 클롭슈토크가 지켜보는 가운데 숨을 거뒀다. 그의 시신은 6월 11일 프라하의 슈트라슈니츠 유대인 묘지에 묻혔다. 그의 여동생들은 나치가 체코슬로바키아를 점령하자 강제수용소로 끌려가 죽임을 당했다고 전해진다.

　20세기 독일 문학 최고의 작가라고 하면 헤르만 헤세와 토마스 만을 들 수 있지만, 가장 문제적인 작가를 들라고 하면 모두두말없이 카프카를 꼽을 것이다. 카프카는 제임스 조이스, 마르셀 프루스트, 윌리엄 포크너 등과 같이 20세기 세계문학에 엄청난 영향을 끼친 작가이지만 그의 생애에 대해서는 알려진 것이거의 없다. 그가 죽고 나서 절친했던 친구 막스 브로트가 자신의 모든 작품을 없애달라는 그의 유언을 무시하고 작품들을 모아 출판하면서 전 세계 문학계에 큰 파문을 일으켰다.

　그의 작품의 특성이라고 하면 화자를 일상적이면서도 수수께끼처럼 기이하고 무시무시할 정도로 극한 상황에 몰아넣으면서도 이야기를 설득력 있게 전개해나간다는 것이다. 그리고 그의 문체의 특성이라고 하면, 불가사의한 상황에 처한 인간의 모습을 더할 나위 없이 사실적으로 묘사하는 것이라고 할 수 있다. 일상과 환상의 설득력 있는 조화, 불가사의한 상황과 사실적인 묘사의 대조가 바로 카프카 문학의 가장 큰 특징인 것이다. 카프카의 작품들은 대부분 지극히 현실적이고 평범한 인물을 불가

사의한 상황에 놓음으로써 정체성을 확립하지 못한 자아와 불안정한 실존의 문제를 상징적으로, 설득력 있게 보여주고 있다.

평범한 세일즈맨 그레고르 잠자는 어느 날 아침 잠에서 깨어났을 때 자신의 몸이 흉측한 벌레로 변한 것을 보고 깜짝 놀란다. 그로 인해 가족은 물론 주위 사람들까지 커다란 공포에 빠지고, 그동안 그레고르가 벌어온 돈으로 먹고살았던 가족들은 생계의 위협에 처하게 된다. 처음에는 벌레를 아들이자 오빠로 여기고 돌보던 가족들은 점점 고단한 생활에 지치자 자신들에게 아무런 도움도 되지 않고 오히려 해가 되는 한 마리 벌레일 뿐이라고 생각하기에 이른다. 그러나 그레고르는 비록 몸은 벌레로 변했지만 여전히 인간의 정신을 가지고 인간처럼 행동하면서 그의 존재는 더욱 비참해진다. 벌레의 생활에 익숙해짐에 따라 인간으로서의 존재감은 점점 소멸되고, 가족들의 무관심과 냉대 속에서 그레고르는 외롭게 죽음을 맞이한다.

언뜻 보면 〈변신〉은 카프카 자신의 이야기를 상징적으로 보여준 것처럼 느껴지는데, 자신과 주인공 잠자가 닮았다는 것에 대해 카프카는 "그것은 암호가 아니다. 잠자가 곧 카프카는 아니다. 〈변신〉은 고백이 아니라, 일견 비밀의 발설이라고 할 수 있다.”고 말했다. 즉, 자신의 분신이라고는 할 수 있지만 자기와 같지는 않다는 뜻이다.

어느 날 아침 자고 일어나니 한 마리 벌레로 변신해 있다는 것은 꿈속에서나 있을 법한 이야기다. 카프카 자신도 “〈변신〉은 무시무시한 꿈이자 공포스러운 상징이다. 꿈은 현실의 가면을 벗긴 것이고, 현실의 이면에 남은 것이 상징이다.”라고 고백했다.

현실의 일상에 억압된 나머지 자고 일어나니 한 마리 벌레로 변신한 그레고르 잠자가 결국은 가족의 무관심과 냉대 속에서 쓸모없는 존재로 전락해 죽어가는 이야기인 〈변신〉은 카프카의 문학 세계가 가장 뚜렷이 드러난 작품이다.

카프카가 낭독회에서 〈판결〉을 낭독했을 때 그의 동생 오틀라는 “우리 집 이야기잖아.”라고 말했다고 한다. 〈판결〉은 아버지와의 관계, 즉 갈등을 다룬 작품으로, 카프카의 심리와 존재 의식에 대한 상징으로 가득 찬 작품이다. 실제로 카프카는 사업에 성공하고 우람한 체격을 가진 권위적인 아버지에게 평생 억눌려 살았고, 그의 아버지는 자신이 힘들게 일으킨 사업에 전혀 관심이 없는 아들을 평생 비난했다. 〈판결〉에서 사회적으로 성공한 게오르크는 늙은 아버지를 부정하고 그 그늘에서 벗어나려고 대항한다. 그러나 아버지는 정체성을 확립하지 못하고 늘 불안감을 안고 있는 아들을 비난하며 도덕적 정신적 죄의식을 일깨우고 결국은 익사형을 선고한다. 잠재되어 있던 죄의식을 떨쳐버리지 못한 게오르크는 스스로 강물에 뛰어내려 아버지의 판결을 집행한다.

〈시골 의사〉는 현실과 비현실이 난해하게 뒤섞여 전개된다. 불행한 시대에 사회적으로 안정된 삶을 추구하는 인간이 사회적 책임을 회피하고 욕망을 따르고자 하는 충동에 사로잡혀 방황하는 현실을 시골의 한 공직 의사가 혹한의 겨울밤 왕진을 가는 이야기를 통해 상징적으로 보여준다.

카프카가 죽기 전해에 쓴 〈굴〉은 그 무렵 쓴 모든 작품을 불태우면서도 유일하게 남겨둔 작품이다. 〈굴〉은 동물이 자신의 집을 더욱 안전한 공간으로 만들려고 하지만, 그럴수록 굴에 집착하며 근심과 불안에 떠는 이야기다. 이 작품은 어떤 것으로부터도 침해받지 않고 평온하고 조용한 삶을 바라지만, 그것을 지키기 위해서는 결국 중노동이라는 대가를 치러야 하고, 사회적 존재로서 내부 혹은 외부의 위협에 끊임없이 시달리면서 불안하게 살아갈 수밖에 없는 인간의 숙명을 묘사하고 있다.

변신

초판 1쇄 발행 2014년 5월 26일
초판 2쇄 인쇄 2020년 4월 2일

지은이 프란츠 카프카
옮긴이 북트랜스
펴낸이 신경렬

편집장 김지연
마케팅 장현기 · 정우연 · 정혜민
디자인 이승욱
경영기획 김정숙 · 김태희 · 조수진
제작 유수경

펴낸곳 ㈜더난콘텐츠그룹
출판등록 2011년 6월 2일 제2011-000158호
주소 04043 서울시 마포구 양화로 12길 16, 7층(서교동, 더난빌딩)
전화 (02)325-2525 | **팩스** (02)325-9007
이메일 book@ibookroad.com | **홈페이지** www.thenanbiz.com

ISBN 979-11-85051-56-7 04800